泣いて謝られても
教会には戻りません！
追放された元聖女候補ですが、同じく追放された
『剣神』さまと意気投合したので第二の人生を始めてます
2
【著】ヒツキノドカ
Author Nodoka Hitsuki

登場人物紹介
ハルク
『剣神』と呼ばれるほどの腕前を持つ剣士だが、怪我をしたことにより、今まで貢献してきたパーティを追放された。世間知らずなセルビアにいろいろなことを教えてくれる。
セルビア
強い神の加護の力を持つ元聖女候補。悪女の汚名を着せられて幼いころから育った教会を追放されたので、第二の人生をはじめる決意をする。ひょんなことからハルクに出会い、共に旅をすることに。

アリス
メタルニアで絶大な権力を持つワルド商会の娘。レベッカを逆恨みして酷《ひど》い嫌がらせをしている。後ろ暗いことにも手を出しているようで……？
ルガン
ベルタのそばの集落で生活している狼の獣人。人間に対して強い警戒心を抱いている。
フランツ
人懐こい雰囲気の青年。ワルド商会について調べるためにメタルニアに来た。
レベッカ
宝剣を打てる『神造鍛冶師《しんぞうかじし》』の少女。喧嘩《けんか》っ早いが情に厚い。坑道都市メタルニアで、先代から引き継いだ店を守っている。
聖大樹ベルタ
世界に数本しかない、魔力を豊富に持った木。とある理由でセルビアに恩を感じている。

プロローグ

『ガルアアアア！』

魔物の吠え声が響く。元は普通の犬型の魔物なのだろうけど、全身の肉が腐《くさ》り落ちたその姿はおぞましいとしか言いようがない。

「はあああああっ！」

ザンッ！

そんな怪物の胴体が両断される。

『ガア――？』

真っ二つにされ、その場に転がる犬型魔物。

斬ったのは銀髪の剣士、ハルクさんだ。『剣神』の異名をとるSランク冒険者で、いろいろあって今は私と一緒に行動している。

「セルビア、もう一体そっちに行った！」

「見えてます！【聖位障壁《セイクリッドバリア》】」

『ギャン！』

障壁魔術を張って、もう一体いた同種の魔物を止める。

「【聖位祓魔《セイクリッドエクソシズム》】！」

『ギャアアアアアアア！』

動きの止まった魔物にアンデッド系の魔物を浄化する魔術を放ち、消滅させる。

【聖位祓魔《セイクリッドエクソシズム》】は退魔の魔術だ。これを使える人間は限られていて、魔神を封じる役目を持つ『聖女』や『聖女候補』のみ。私、セルビアは聖女候補だったんだけど……元婚約者であるクリス殿下や他の聖女候補によって教会から追放され、今はハルクさんとともに冒険者として活動している。

「悪かったねセルビア、一体取り逃しちゃって」

申し訳なさそうな顔をしながら、ハルクさんがこちらに歩み寄ってくる。

「いえいえ、このくらいなら私でもなんとかできます。それに私たち、パーティじゃないですか」

「……うん、そうだね。ありがとう」

ですから協力するのは当たり前です、と言う私に、ハルクさんはどこか照れくさそうに微笑むのだった。


「ただいま戻りました、ギルマス」

「おお、ハルク殿にセルビア殿！　お早いお戻りですな」

冒険者ギルドに戻ると、短髪と顔の大きな傷が特徴的な男性――エドマークさんがこちらに歩いてきた。

「突然変異の魔物はきちんと討伐してきましたよ。ギルドの前に運んでありますから、あとで確認をお願いします」

「ありがとうございます！　ハルク殿たちがいてくださると本当に仕事が早く片付きますな」

勢いよく頭を下げるエドマークさん。

エドマークさんはこの国における冒険者ギルドのトップであり、ついでにハルクさんの熱烈《ねつれつ》な支持者でもある。過去にハルクさんに助けられたことがきっかけだそうだ。

「それにしても、最近の王都周辺は大変なことになってますね」

私の言葉にエドマークさんは深く頷いた。

「まったくです。迷宮はお二人のおかげで消滅しましたが、その影響がこんな形で残るとは思いませんでした。まさか周辺の魔物が変異するとは……」

エドマークさんの言う通り、王都周辺では近頃魔物が変異する現象が起こっている。

この地に封じられた魔神が復活するための生贄《いけにえ》収集装置――迷宮。

迷宮自体は私とハルクさんが対処したけど、漏れ出た妖気《ようき》のせいでこのあたりの魔物が軒並み強くなってしまったのだ。

中には動く死体《アンデッド》系の性質を帯びたものもいるので、私たちはそういった魔物たちが街の近くに現れるたびに狩りに行っている。

まあ、今は復興やらなんやらで兵士たちが忙しいから仕方ない。

それに報酬《ほうしゅう》もきちんともらっていることだし。

「変異した魔物だけでも大変だというのに、最近は妙な連中まで王都に来る始末で……」

「妙な連中？」

「迷宮について研究したい学者やら、金持ちの令嬢の依頼で、変異した魔物を捕獲しようとするよそ者の冒険者やら……後者は魔物をペットにしたいとかなんとか」

「ペットって……」

まあ、魔神由来の妖気《ようき》を浴びて変質した魔物は珍しくはあるけど。

それにしてもペットって、お金持ちの人はすごいことを考えるなあ。

「とにかく、お二人には感謝しております」

「「いえいえ」」

そんなやり取りをして、私たちは冒険者ギルドを出るのだった。


さて、そんな感じで一日の行動を終えた私たちは宿に戻ったわけだけど……

「宿の前に誰かいるね」

「……いますね、修道服を着た人が」

うわー、どうしよう。どう見ても教会の関係者が宿の前で待ち構えている。

今さら言いたくもないけど、私と教会の関係はものすごく険悪だ。

行きたくない。

すっごく行きたくない。

そんなことを考えていると、修道士のほうから近付いてきた。

「『剣神』ハルク様と元聖女候補のセルビア様でよろしいでしょうか？」

「僕たちになにかご用ですか？」

私を庇《かば》うようにハルクさんが前に出る。

私はハルクさんの後ろから修道士の顔立ちを見て、おや、と思った。

この街の教会の人間はだいたい顔を知っているはずだけど、この人物に見覚えがない。どこか他の街から来たのだろうか？

ハルクさんの質問に対し、謎《なぞ》の修道士はこう告げた。

「私は教皇様の使いでございます。迷宮を滅ぼしてくださったお二人に、教皇様からお話があるとのことです」

……んん？

ちょっと今聞き逃せない言葉が混ざったような。

「あの、教皇様というのはラスティア教の……？」

「その通りです、セルビア様。ラスティア教皇ヨハン様は現在この街にいらっしゃいます」

「教皇様がこの街に来てるんですか⁉」

あっさり頷く修道士に、私は目を見開くのだった。

第一章　初代聖女の記憶

ラスティア教皇。

世界中に信徒を持つラスティア教の頂点に立つその人物には、一国の王をもしのぐ権力があるとされている。一般の信徒には言葉を交わす機会すらない。普段はこの王都とは別にある『聖都』の教会本部で、教会の代表としての職務を行っている。

そんな大物の使いだという修道士の後ろを歩きつつ、ハルクさんと言葉を交わす。

「良かったのかい、セルビア。教会にまた関わったりして」

「まあ、私もできることなら避けたかったですけど……」

「けど？」

「『魔神の話をする』なんて言われたら、聞かざるを得ません」

修道士によれば、教皇様の話は魔神討伐に関連するものらしい。

魔神の知識をもっとも持っているのはラスティア教だ。

そのトップがじきじきに魔神のことを教えてくれるというなら、多少リスクがあっても行くしかない。私の目的は魔神を討伐して、真の自由を得ることなんだから。

ハルクさんは頷く。

「セルビアがそう言うなら僕も異論はないよ。大丈夫、仮に罠《わな》だったとしても僕がなんとかする」

「……ハルクさんが言うと説得力がすごいですね」

さすがは世界唯一の個人でのSランク冒険者。たぶんハルクさんがいれば、武装した修道士が五百人くらい待ち構えていても余裕で生還できるだろう。

「こちらです」

修道士が立ち止まったのは、教会の奥にある管理者の部屋。

少し前までルドン司教が使っていた場所だ。

修道士が扉を開ける。

そこにいたのは白髪に長いひげ、丸眼鏡が特徴的な老年の男性だった。

「急な呼び出しに応じてくれてありがとうございます、『剣神』ハルク殿に元聖女候補のセルビア。私がラスティア教皇のヨハン・ベルノルトです」

この人が教皇様……実際にお会いするのは初めてだ。

印象としては、優しげで穏やかそう。ずっと険しい顔をしていた国王様とは対照的だ。

「初めまして。冒険者のハルクです」

「……セルビアです」

私たちをここまで案内してくれた修道士の男性はすでにいなくなっている。

今この部屋にいるのは私たちと教皇様だけだ。王城に連れてこられた時のように、数十人の騎士が待機しているようなこともなかった。

私たちの挨拶《あいさつ》を聞くと、教皇様は静かに立ち上がり……

「話は聞いています。たった二人で迷宮に飛び込み、迷宮の主を打ち倒してくれたそうですね。我々の不手際の後始末をさせてしまって申し訳ありません」

そう言って、私たちに深々と頭を下げた。

大組織ラスティア教のトップ――世界有数の権力を持つ人物が。

「『祭壇《さいだん》に余人を近付かせてはならず』。迷宮出現の責任は、掟を徹底させられなかった私にあります。あなた方が望むならどんな罰でも受けましょう」

そう告げる教皇様は、あまりにも潔かった。

演技で言っているようにはまったく見えない。以前会った国王様とは大違いだ。

「気になさらないでください、教皇様。それより魔神のことを教えていただけますか」

終わった話はもうどうでもいい。

私たちがここに来たのは魔神の情報を得るためなのだ。

「私たちは魔神を倒すつもりです。今はまだ、有効な方法は見つかっていませんが……魔神に関することならどんな小さな情報でも欲しい」

魔神はもはや災害の一種と変わらない。大組織であるラスティア教が世界中から聖女候補を集め、多額の資金や人員を用意してもなお、封印し続けるのがやっとの怪物だ。討伐方法なんて当然聞いたことがない。

まずは情報。

魔神を倒すヒントになるようなら、どんな小さなことでも聞き出したい。

「ああ、魔神を倒す方法なら知っていますよ」

「えっ？」

教皇様があっさりと言うので、さすがに愕然《がくぜん》とした。

「……セルビア。魔神の倒し方なんて誰も知らないんじゃなかったの？」

「そ、そのはずだったんですけど」

ハルクさんと小声で言い合っていると、教皇様が微笑んでこう言った。

「今日はそれを話すためにお二人に来ていただいたのです。魔神討伐はラスティア教全体の悲願でもありますから」

嘘ではないだろう。

魔神が討伐されたら、ラスティア教は長きに渡り背負い続けてきた重荷から解放されるのだから。

「そ、その方法というのは」

「すぐにお伝えします。……が、実際に見てもらったほうが早いでしょうね」

「見る？　なにをですか？」

「セルビア、まずはこれを持ってください」

教皇様はなにやら石板のようなものを渡してきた。

……なんですかこれ。

「セルビア、その石板に魔力を流してください」

「はあ……」

「あなたならできるはずです」

私ならできる？　一体どういう意味だろう？

なんだかわからないまま石板に魔力を流してみる。

すると。

パアアッ、と石板が勢いよく光を放ち部屋を満たした。

光は周囲を埋めつくし、私はあまりの眩《まぶ》しさに目を閉じる。

そして次に目を開けた時には――あたり一面が緑色の草原に変わっていた。

「ど、どうなってるんですかこれ⁉　さっきまで教会にいたのに！」

「幻覚か……？」

ハルクさんが油断なく周囲を見渡している。

すると教皇様はこう説明した。

「幻覚に近いですが、少し違いますね。これは初代聖女が残した『記録』です」

「記録？」

「はい。魔神に関する資料は諸事情により、多くが失われています。そんな中、魔神討伐に関する貴重な情報を与えてくれるのがこの石板なのです。これには、魔神を封印した初代聖女の記憶が込められているのですよ」

つまり、この光景は初代聖女様の記憶を元にした映像ということだろうか？

それが本当ならすごいことだ。

なにしろ教皇様の言った通り、初代聖女様は魔神を封印した張本人なのだから。その人物の記憶以上に魔神討伐に役立つ情報なんてないだろう。

「もっとも、これは一定以上の聖なる魔力を込めなくては反応しませんがね。やはりセルビアには聖女としての並外れた素質《そしつ》があるようです」

「……」

「セルビア、顔がものすごく嫌そうな表情になってるよ」

教会のただれた内情を知っている私からすると、聖女の素質《そしつ》があるなんて言われてもあんまり嬉しくない。

「おしゃべりはここまでです。……そろそろ始まりますよ」

教皇様の言葉を聞いて、私は映像に意識を集中させた。


初代聖女様がいたのは丘の上。

日頃からよく一緒に遊んでいるのか、鹿やリスといった動物たちがまわりに集まっている。初代聖女様は動物たちと一緒に果物を食べたり、追いかけっこをして遊んだりしている。

周囲には草や花が満ち、見ているだけで癒《いや》される光景だ。

――それが、一瞬で塗りつぶされた。

それは一言で表せば『真っ黒な泥』だった。

津波のように押し寄せた泥が美しい草原を覆《おお》っていく。木々は腐《くさ》り、土は溶け、愛らしい動物たちが次々と死んでいく。あとに残るのはすべてが死に絶えた黒い大地だけ。

それだけでは終わらない。

泥に呑み込まれた生物たちが次々と起き上がる。

ぼたぼたと泥を滴《したた》らせるその生物は、体のあちこちが腐《くさ》り落《お》ち骨や内臓が露出している。

まるで死後何日も放置された死骸《しがい》のようなものが、よたよたと歩いてくる。

泥や、それによって生まれ変わったなにかがこちらに迫る。

このままでは死ぬ。

殺される。

『――ッ！』

初代聖女様は咄嗟《とっさ》に手を前にかざす。

すると、視界いっぱいに白い光が広がった。

泥や怪物たちはその光によって浄化され消えていき、あとにはごっそりと抉《えぐ》れた大地と、息絶えた生き物たちの死骸《しがい》だけが残った。

石板から光が失われ、風景が元の教会の一室に戻る。

「今のが……初代聖女様の記憶？」

私が呟くと、「その通りです」と教皇様が頷いた。

さらに教皇様が映像の解説をしてくれる。

「あの泥のようなものは魔神の影響によって生まれたものです。初代聖女はそれに呑み込まれる寸前、聖女としての力に目覚め、魔神の眷属《けんぞく》となった動物たちを浄化したのです」

「初代聖女様が神ラスティアに力を授《さず》かった瞬間の記憶ということですか？」

「我々はそう考えています」

そう首肯する教皇様。

それにしても……なんて生々しい映像だろう。

現実ではないとわかっていても身の危険を感じるほどだ。

一方、ハルクさんは別のことが気になっているようだ。

「教皇猊下《げいか》。泥が触れたものが変質していましたが、あれは魔神の能力ですか？」

「ええ、『剣神』殿。魔神の能力は大きく分けて二つ。一つが『触れた生物を即死させること』。もう一つが『殺した生物を自らの配下としてよみがえらせること』です」

「……！」

信じられないとばかりに絶句するハルクさん。

無理もない。触っただけであらゆる生き物を殺した挙句、それを眷属にする能力なんて普通じゃ想像もできないだろう。

「お二人には心当たりがあるかと思いますよ。最近、王都周辺には変異した魔物が現れているはず。あれも迷宮から漏れた魔神の妖気《ようき》によって変異しているのです」

「！　そういえば……」

はっとしたようにハルクさんは目を見開いた。

心当たりもなにも、ついさっきその変異した魔物を討伐したばかりだ。

「魔神の能力は、『世界を造り変える』ものと考えられます。生をつかさどる全能神ラスティアの世界を冥界へと――冥神エルシュの世界へと変貌させるのです」

世界の造り変え。

つまり、この世界を死者の暮らす『冥界』に変換する能力。

それが魔神の持つ力の全容だ。

「冥神エルシュ？」

「全能神ラスティアと対立する、もう一柱の神です」

なんの背景もなしに、魔神のような特別な能力を持った存在が生まれるとは考えにくい。全能神ラスティアが聖女候補に力を与えるように、魔神も冥神エルシュによって力を受け取っている、というのが教会の見解だ。

ハルクさんは溜め息を吐《つ》いた。

「魔神は神の加護を受けた怪物ということですか。……にわかには信じられないですね」

「今はそれで構いません。折を見てセルビアに確認していただければ」

「そうさせてもらいます」

魔神についてハルクさんとの最低限の情報共有は済んだ。

……というか、魔神については事前に説明しておけば良かった。これは私のミスだ。

「では、続きを見ましょう。セルビア、もう一度石板に魔力を流してください」

「わかりました」

さっきと同じように、石板から放たれた光が部屋を満たしていく。


視界に映るのは先ほどとは違い、真っ白な空間だった。

そこにいるのは初代聖女様と、もう一人。

真っ白な人影が佇《たたず》んでいる。

白い人影は次々と宙に映像を浮かび上がらせる。

——きらびやかな甲冑《かっちゅう》をまとった騎士と、賑《にぎ》やかで人の多い都会の街並み。

——古い小屋で剣を打つ鍛冶師《かじし》と、山奥の風景。

なにかを示唆《しさ》するような光景だ。

いわゆる『お告げ』というものだろう。

初代聖女様はお告げに従って動き出す。

大都市に行き、聖騎士の青年と知り合う。その傷を治して友人になる。

山奥の小屋に行き、鍛冶師《かじし》の大男と出会う。彼の作品を買い叩こうとする悪徳商人を成敗し、鍛《か》冶師《じし》から信頼を得る。

気付けば三人は旧知のように打ち解けていた。

こうして初代聖女様はお告げの通りに仲間を得ることができた。

と、ここで再び映像が途切れる。

どうやらこの石板、映像が進むごとに魔力を補充しないといけない代物のようだ。

「セルビア。今の白い人影って……」

「たぶん神ラスティアですね」

直感的にわかった。初代聖女様は魔神の影響を撥《は》ねのけるだけじゃなく、神ラスティアと交信する力まで得ていたようだ。

白い人影以外にも気になるところはある。

「……なんだかあの聖騎士、ハルクさんに似てませんでしたか？」

初代聖女様の仲間になった二人のうち、聖騎士の青年はハルクさんに雰囲気が似ていたような気がする。

「そう？　僕はそれより、初代聖女様と知り合った経緯が僕とセルビアそっくりなのが気になったけど」

「すごい偶然ですよね」

「偶然で片付けていいのかどうか……」

ハルクさんが難しそうな顔をしている。

「それに、さっきの鍛冶師《かじし》も気になるね」

「そうですね。お告げで示されたからには、なにか意味があるんでしょうし」

ちらりと教皇様を見ると、「すぐにわかりますよ」と先を促された。

それじゃあ続きだ。

私はさらに石板に魔力を流す。


鍛冶師《かじし》の大男は素晴らしい技術の持ち主だった。

彼は魔神を倒すための剣を打った。

赤い炎のようなものがまとわりついたその剣には、特別な力が宿っていた。

初代聖女様と同じく、鍛冶師《かじし》は神ラスティアの力を与えられていたのだ。

初代聖女様と、聖騎士の青年と、鍛冶師《かじし》の大男はやがて魔神と対決する。

三人が挑む頃には、黒い泥は荒れ狂う海のように世界を呑み込もうとしていた。

その中心には山のような巨体の怪物がいる。

怪物には二つの頭部があった。

まるで別々の怪物を無理やりつなぎ合わせたかのように。

双頭《そうとう》の怪物——魔神は泥を再現なく生み出し、世界を覆《おお》わんとする。

そこに聖騎士が立ち向かう。

手には鍛冶師《かじし》が打った特別な剣。さらに全身は初代聖女様が与えた神聖な光で守られている。

聖騎士は魔神の巨体を足場にして駆け上がり、片方の頭部を斬り飛ばした。

魔神の体は炎に包まれ燃えていき、黒い泥は干上がっていく。

しかし魔神は死なない。

弱ってはいてもその場でもがき続けている。

驚くべきことに、聖騎士によって落とされたほうの頭すらも死んでいなかった。

そんな魔神にとどめをさしたのは初代聖女様だった。

神聖なる祈りにより、落とされた頭と、片方の頭を失った本体を別々の場所に封じる。

それによって、魔神が生み出し続けていた泥や妖気《ようき》は完全に消え去った。

空は晴れ、世界の危機は終わりを迎えたのだ。


映像が途切れる。

「石板に残された記録は今のもので最後です」

教皇様がそう教えてくれた。どうやらこれ以上の情報はないようだ。

気になるところが多すぎる……！

ハルクさんが顎《あご》に手を当てて言う。

「……とりあえず、魔神の姿がわかったね。まさかあんなに大きいなんて」

「そうですね。頭が二つあることは知っていたんですけど」

「あれ、セルビアは魔神の外見を知ってたの？」

「まあ一応……部分的にはですけど」

私は頷いて続けた。

「王都には、祈祷《きとう》のための祭壇《さいだん》が二つあります。一つは教会の地下、もう片方は王城の地下です。教会のほうには魔神の本体が、王城の地下には切り離された魔神の片方の頭が封じられているんです」

「王城の地下の祭壇《さいだん》か……確か聖女様が管理してるんだっけ？」

「はい」

まあ、魔神の頭が二つあることは聞かされていたけど、実物のサイズまでは知らなかった。あんな山みたいな巨体だったなんて……

「あとは、やっぱりあの剣だね」

「そうですね。魔神を倒すにはあの剣が必要なんだと思います」

初代聖女様を含め、あの場にいた三人にはそれぞれ役割があった。

初代聖女様は魔神の『封印』。

聖騎士は魔神の『討伐』。

鍛冶師《かじし》は聖騎士が魔神を討伐するための『武器の作成』。

それらが魔神を倒すのに必要だったからこそ、神ラスティアは初代聖女様にお告げをして残り二人を集めさせたのだ。

今の状況はさっきの映像と似ている。

私には聖女候補としての力があるし、最強の冒険者であるハルクさんも味方してくれている。唯一足りないのが、魔神を斬れる剣だ。

教皇様が言う。

「お二人とも気付いたようですが、魔神討伐にあたって必要なのは剣――『神造鍛冶師《しんぞうかじし》』が打った宝剣です。それがなくては魔神と戦うことなどとてもできないでしょう」

「教皇猊下《げいか》。普通の剣では駄目なんですか？」

「それは難しいというのが我々の考えです、『剣神』殿。魔神の体に触れると無機物でさえ劣化します。普通の剣では切断するまでもちません」

「……なるほど」

ハルクさんが難しい顔で頷く。

そういえば、魔神は土地だけでなく建物まで腐《くさ》らせていたっけ。あんな規格外のものを斬るなら相応に特別な剣が必要というのは納得のいく話だ。

私は手を挙げて尋ねた。

「教皇様。その宝剣というのはどこにあるんですか？」

「残念ながら、宝剣は魔神討伐の際に砕《くだ》けてしまいました。よって、新しいものを造らねばなりません」

「造れるんですか？」

教皇様は「おそらくは」と頷いた。

「宝剣を打てるのは『神造鍛冶師《しんぞうかじし》』だけ。ですが、長らくその所在は掴めていませんでした。最近になってようやくその居場所がわかったのです」

「ど、どこですか？」

「坑道都市『メタルニア』。そこで鍛冶屋《かじや》を構えているそうです」

坑道都市メタルニア。

聞いたことのない街の名前だ。ハルクさんに視線を送ると、ハルクさんも行ったことはないようで首を横に振っている。

けれど……これはすごいことだ。必要なものも、それが手に入る場所までわかっている。魔神討伐という大言壮語が徐々に現実味を持ち始めていることに私はドキドキした。

「しかし一つだけ問題があります」

教皇様の言葉に私は目を瞬《またた》かせた。

「なにが問題なんですか？」

「簡単に言うと、私の部下に宝剣の作成を依頼させることができないのです」

「……どういう意味ですか？」

「教会の中には様々な意見があるのです。魔神を討伐するべきと考える者もいれば、いたずらに刺激するべきではない、このままの状態を維持するべきだと考える者もいます。後者にとっては私が宝剣を作ろうとすることなど許せないでしょう」

「そんな……！」

現状のままでいい？　聖女候補が心を削って祈祷《きとう》を捧《ささ》げないといけない状況なのに？　私には理

解できない。確かに魔神討伐にリスクがまったくないとは言い切れないけど、この街の教会の内情を知っていたらそんな意見にはならないはずだ。

　私の内心を読み取ったように教皇様は告げる。

「あくまでそういう意見もある、という話です。しかし私が宝剣を作るよう指示を出せば、教会が真っ二つに割れかねません。そうなれば私が教皇でいられなくなる可能性すらあります。――そこで、二人に提案したいことがあります」

　教皇様はこう言葉を続けた。

「セルビア、そして『剣神』殿。あなたたち二人がメタルニアに行き、『神造鍛冶師《しんぞうかじし》』と交渉して宝剣を入手するのです」

　……私たちがメタルニアに？

　ハルクさんがなるほどと頷く。

「僕は元より、セルビアはすでに教会から追放されていますからね。教皇猊下《げいか》と無関係である僕たちなら、教会の他派閥を刺激せずに宝剣を手に入れられるわけですか」

「話が早くて助かります、『剣神』殿。……もちろんこれは提案に過ぎません。実際にどうするかはお二人で決めてください」

　教皇様の言い方だと、私たちが行く以外に方法がない、というわけではなさそうだ。

「セルビア、きみはどうしたい？」

　ハルクさんが聞いてくる。魔神討伐は私が言い出したことだし、方針を決めるのは私の役目ということだろう。うーん……よし、決めた。

「わかりました。行きましょう」

「そうですか。理由を聞いても構いませんか？」

教皇様の質問に私はこう答えた。

「相手が私と同じ神ラスティアの加護を受けた人物なら、私が行くことで信用を得られるかもしれません」

「ふむ」

「それに――私とハルクさんはもともと色んなところを旅するつもりでしたから。行ったことのない場所なら、行ってみたいです」

後半はただの私欲である。

けど本心だ。坑道都市なんて聞いたこともないし、どんな場所なのか見てみたい。

宝剣ができるまで暇を持て余すよりずっと面白そうだ。

教皇様はくすりと笑った。

「いい答えです。では、二人にお任せしましょうか」

ハルクさんにも異論はなさそうで、そういうことになった。

「さて、ではお二人にはこれからメタルニアに向かっていただくわけですが、もちろん教会も全面的に支援します」

話がまとまり部屋を出ようとしたところで、教皇様がそんなことを言った。

それからさらさらと書類にペンを走らせ、印章を押し、完成したものを差し出してくる。

「これは……？」

「私の代理人であることを示す書状です。ラスティア教の人間なら、これを見せれば便宜を図ってくれるでしょう。制限はありますが、私と同等の権限を持てる道具だと考えていただければ」

「えっ」

なんだかすごいものを渡されている気がする。

ラスティア教というのは世界中に多くの信者を持つ一大宗教だ。その関係者の大半を協力者にできるというなら、これはとんでもない代物である。

「それと、これもお持ちください」

そう言って教皇様が追加で渡してきたのは、赤みを帯びた金属の欠片。

「これは？」

「宝剣の欠片です。まあ、『神造鍛冶師《しんぞうかじし》』の方がどんな性格なのかもわかりませんからね。信用してもらうための材料は多いほうがいいでしょう」

教皇様がそう補足する。

必要になるかはわからないけど、そういうことならありがたく借りておこう。

「ちなみにそれ、大変貴重ですのでなくさないでいただけると嬉しいです」

「どのくらい貴重なんですか？」

「紛失したら、私は教皇をやめさせられるでしょう」

そんな重要なものをぽんと渡さないでほしい。

ハルクさんならうっかり落としたり盗まれたりしないだろうから、あとで預けよう。

「……」

「ハルクさん、どうかしたんですか？」

「いえ、なんというか……随分協力的だと思って」

そう言って、ハルクさんは教皇様に視線を向けた。

「教皇猊下《げいか》。僕たちは先日、王城に呼び出されて国王陛下と話をしてきました」

「ええ。その話も聞いています」

「陛下は、セルビアが『魔神を倒す』と言った時、とても否定的でした。魔神の脅威《きょうい》をよく知っているだけに、下手に刺激しないほうがいいと思っているんでしょう。しかし教皇猊下《げいか》、あなたは似た立場にありながら僕たちに協力的すぎます。なにか理由があるんですか？」

言われてみれば。

教会の人間に絶大な効果を発揮する書状に、宝剣の欠片。

重要なものをこんなに簡単に渡すなんて不自然だ。

国王様がそうだったように、教皇様だって私たちの妨害を考えてもおかしくないというのに。

「そうですね……」

教皇様は半ば独白するように告げた。

「お二人は『もっとも優秀な聖女候補が王妃になる』という仕組みをどう思いますか？」

「「……？」」

急に尋ねられて困惑しつつ、私とハルクさんはそれぞれ答える。

「どうと言われても……私はそういうものだと思ってましたし」

「……僕は納得しかねます。王城に祭壇《さいだん》があるといっても、そちらも聖女候補を派遣して管理すればいいでしょう。わざわざ王妃として城に常駐させる必要はないかと」

「あー……」

ハルクさんの言葉を聞いて、確かに、と思い直す。

祭壇《さいだん》の管理は別にたった一人の聖女に任せる必要はない。

現に今も、聖女様が不在の時は聖女候補が出向いて祈祷《きとう》をしているわけだし。

「『剣神』殿の言う通り、これは必要不可欠な制度ではありません。聖女候補の中から王妃を選ぶようになったのはごく最近のことです。理由は単純で、そうしないと聖女候補がもたないからです」

聖女候補は過酷《かこく》な役目だ。

一般人なら一生触れずに済むようなおぞましい呪いを浴び続ける。中には発狂したり、逃げ出そうとしたり――自ら命を絶つ者も出てくる。

ハルクさんが硬い表情で問う。

「……王妃という地位を『餌』にしているということですか？」

「はっきり言えばそうなります。王妃になれば王城で贅沢な暮らしができる。その希望だけが、聖女候補たちの心の拠《よ》り所《どころ》なのです」

要は馬の鼻先にぶら下げたニンジンのようなものだ。

聖女候補という貴重な人材を最大限酷使《こくし》するための餌。

王妃というたった一つの椅子は、そのために用意されている。

「聖女候補たちが享楽にふけるのも仕方のないことでしょう。そうやって気を紛らわせなければ、彼女たちは正気を保つことすら困難なのです。歪《ゆが》んでいると思いませんか。少女の人生を縛って、絞りつくして、しかもそれが最善などと。……こんな場所は、あるべきではないのです」

教皇様の言葉は半ば独り言のようで、私たちを信じさせようとする意志は感じられない。

嘘じゃない、と直感した。

教皇様は本心から、聖女候補たちの現状を憂いている。

「その言葉が聞けて良かったです」

どうやらハルクさんも教皇様の言葉は本音だと判断したようだ。

……これ以上話すことはもうないかな。

私とハルクさんは教皇様に挨拶《あいさつ》し、話を切り上げることにする。

部屋を出ようとすると、教皇様が忘れていたようにあるものを渡してきた。

「これは？」

「連絡用の魔晶石《ましょうせき》です。なにかあればこれを使ってください」

宝石のようにも見えるそれは、魔力を込めると遠方と通信できる特殊な鉱石らしい。魔晶石《ましょうせき》を受け取り、私とハルクさんは今度こそ部屋をあとにした。

第二章　竜の双子

「――というわけなんです、国王陛下」

「なぜその流れで儂《わし》のところに来るのだ……」

爽やかに告げるハルクさんを見て、国王様はうんざりしたように溜め息を吐《つ》いた。

場所は王城の広間。

教会で教皇様との話し合いを終えた私たちは、その足でこの場所へやってきた。

「話はすでに終わっただろう。儂《わし》もエリザも、そなたらの魔神討伐などという妄言を受け入れた。それで充分だろう。まだなにか用があるのか？」

国王様の言葉に、隣に座る王妃エリザ様が何度も頷いている。

国王様は以前、迷宮討伐を終えた私たちに――というより私に『この国に残って祈祷《きとう》を続けろ』と命じた。私が奥の手である【神位回復《ラスティアヒール》】を使ったり、ハルクさんが圧力をかけてくれなければ、今頃私は教会に戻されていたかもしれない。どんな手を使ってでも私を教会に連れ戻し、魔神の封印を続けさせようとする国王様の姿勢を見て、私は魔神討伐を決意した。魔神が存在する限り私に本当の自由はないと思ったからだ。

国王様の言う通り、国王夫妻と私たちは、話すべきことをもう消化しきっている。【神位回復《ラスティアヒール》】だのハルクさんの威圧だのを目の当たりにした今では、私たちの姿なんて見たくないというのがこの二人の本音だろう。


『……あいつら一体なにしにきたんだよ』

『もしかしてまたあのわけわからん回復魔術を食らうことになるのか……？』

『シッ、静かにしろ。あの二人に聞こえたらどうする』


ちなみにこの謁見の間には相変わらず騎士たちの姿もある。

国王夫妻と同じく表情をこわばらせており、なんだか怯《おび》えたような雰囲気を出している。少なくとも襲ってくる気配はない。

そんな異様な空気の中、ハルクさんはこう告げる。

「僕とセルビアはこれからメタルニアに向かいます。ですから、その旅に必要な物資を用意していただきたいのです」

「なぜ儂《わし》がそんなことを……」

「前にここに来た時、きちんと言っておいたはずですよ。お忘れですか？」

「……」

黙り込む国王様。

そう言えば、確かにハルクさんはそんなことを言っていたような。

「……ええいっ、なにが必要か言え！　旅支度《たびじたく》くらいはしてやる！」

「どうも。必要なものはこの紙に書いておきましたので」

国王様の目線を受けて進み出てきた騎士に、ハルクさんは懐から取り出した紙を渡す。

抜かりない。たぶん、宿にいた時に必要な物資をまとめておいてくれたんだろう。

「用は済んだか？　ではさっさと――」

「いえ、まだです。次は国王陛下の印を押した証文を作っていただきます」

「…………は？」

唖然《あぜん》とする国王様に、ハルクさんはにっこり笑った。

「今後もなにか必要になるかもしれませんから、その際に書状が必要です。内容は、『冒険者ハルクとセルビアの支払いはすべて王家に請求するように』と。僕とセルビアの冒険者証と、王家の紋章を並べて押印すれば問題ないはずです」

国王様はしばらく唖然《あぜん》としてから、絞り出すように言った。

「そ、そなた……王家を財布代わりにするつもりか……!?」

ハルクさんが言っているのは、今後魔神絡みでの出費はすべて王家に請求が行くようにするということだ。もともと魔神討伐に反対している国王様にとっては信じがたい申し出と言えるだろう。

「じょ、冗談ではない！　なぜ儂《わし》がそんなことをせねばならんのだ！」

「何度も言わせないでください。魔神討伐に協力するようにと、先日言ったはずですよ」

「だからと言って限度がある！　貴様、調子に乗るのも大概《たいがい》にしたらどうだ！」

国王様が怒りだしてしまった。

けれどハルクさんはまったく動じず、自らの剣の柄を、とん、と鳴らした。

それからにっこり笑って、

「――証文を作っていただけますね？」

「………用意、する……ッ！」

なんということだろう。あれだけ怒り狂っていた国王様があっさりハルクさんの言うことを聞き入れてしまった。

よく見ると国王様の顔は真っ青だし、膝《ひざ》はがくがく震えている。

まるで重大なトラウマを刺激されたかのようだ。

たぶん、前にハルクさんが国王様に耳打ちしていたアレだと思うけど……本当になにを言ったんだろう。

国王様は騎士に命じてすぐに紙とペンを取りに行かせ、その場で証文の作成を始める。

国王様が書類を作っている途中、ふと思い出したようにハルクさんが口を開いた。

「ああ、そういえば迷宮討伐の褒賞《ほうしょう》をまだ受け取っていませんでした。クリス殿下の代わりに国王陛下からいただけますか？」

「まだなにかあるのか!?　そなたら、儂《わし》からどれだけのものを奪うつもりだ！」

そう喚く国王様に、ハルクさんはすっと目を細めた。

「国王陛下、これは先ほどのものとは意味合いが大きく異なります。……セルビアは教会を追放されたにもかかわらず、クリス殿下の尻ぬぐいとして危険な迷宮に入ることになりました。その対価は支払っていただきます」

「ぐっ……」

反論の言葉が見つからないようで、国王様はぎりぎりと奥歯を噛《か》みしめる。

「ええい、なにが欲しいのだ！　美術品か!?　それとも宝石か!?」

やけっぱちのように叫ぶ国王様に、ハルクさんは淡々と告げた。

「竜です」

「は？」

「竜です」

国王様が震える声で訊き返した。

「じょ、冗談……だろう？　あの飛竜は儂《わし》が大金をはたいて購入した――」

「いえ、竜をいただきます。飼育している場所まで案内していただけますか？」

あくまで意思を貫くハルクさん。

そういえば迷宮に向かうとき、クリス殿下から借りた飛竜に乗りながら「今回の件が終わったらクリス殿下には謝礼として竜をもらおう」という話をしてたなあ。

これはまずいと思ったのか国王様が縋《すが》るような瞳で私を見てきたので、退路を塞《ふさ》ぐつもりでにっこり笑っておく。不思議だ。普通なら罪悪感が湧いてもおかしくないのに、国王様相手だと何とも思わない。

「案内……しよう……」

国王様は力なくうなだれてそう言うのだった。

▽

案内された先は見るからに頑丈そうな石造りの厩舎《きゅうしゃ》だった。

ここは飛竜専用のようで、馬は一頭も見当たらない。

石造りの厩舎《きゅうしゃ》の奥まで行くと、檻《おり》の向こうに見覚えのある飛竜がいた。

「この二体が儂《わし》の所有する飛竜だ……」

国王様がそう紹介してくれる。

檻《おり》の中にいたのはそっくりな見た目をした二体の飛竜だった。

どちらも体長三Mほどで、金色の瞳やグレーの飛膜が特徴的だ。見分けがつかないほど似ているけど、片方がハルクさんを見た瞬間ぎょっとして後ずさりをした。

『…………くるるぅ』

「ハルクさん、怯《おび》えられていませんか？」

「……僕、もともと動物に嫌われやすいんだ。ポートニアで威圧したせいもあるんだろうけど……」

ハルクさんがなんとも言えない表情を浮かべる。

危機察知能力の高い動物にとって、圧倒的な強者であるハルクさんは恐怖の対象になってしまうようだ。

とはいえこの飛竜が私たち二人を乗せて飛んでくれることは実証済みだし、問題ないだろう。

「これからよろしくお願いしますね」

『グルル……』

私のことも一応主人だと認めてくれたのか、飛竜は噛《か》みついてきたりはしなかった。

——と。

『グルルァアアアッ！』

「ひえええええっ⁉」

どがっしゃああん、という派手な音とともに私の目の前の鉄格子が衝撃で揺れた。

『グルルッ……！』

目を爛々《らんらん》と血走らせているのはさっきまでハルクさんに怯《おび》えていた竜——ではなく、同じ檻《おり》の中にいたもう一体の飛竜だ。

な、なに？　なんでこんなに攻撃的なんですか？

こっちの飛竜にはまだなにもしていないのに！

「ああ、やはりこうなったか」

「国王陛下。これはどういうことですか？」

ハルクさんが尋ねると、国王様はこう説明してくれた。

「この二体は、実は『岩竜山脈』で発見された双子の竜なのだ。生まれてからずっと一緒に育ったせいか、この二体は離れ離れになるのを酷《ひど》く嫌がる。おそらく弟が連れて行かれることを察して激怒しているのだろう」

双子の竜。

どうりでこの二体がそっくりな外見をしているわけだ。

というかそんな事情があるなら先に言っておいてほしかった。

「どうだそなたら、心が痛まんか？」

「はい？」

国王様がなにか言い出した。

「この二体は生まれてからずっと一緒だったのだ。そんな固い絆《きずな》で結ばれた二体を引きはなすなどというのは人間の行いではない。だからほら、まあ……儂《わし》の言いたいことはわかるだろう？」

「……」

国王様の言っていることは理解できる。

この竜たちは魔物商に捕まえられ、檻《おり》に入れられ、売り飛ばされた。そんな過酷《かこく》な環境の中で二体の支えになったのは、そばにいるもう片方の竜なのだろう。

「セルビア。こんなことを言われると……」

「……そうですね。さすがに考え直したほうがいい気がしてきました」

「わ、わかってくれたか。うむ、さすがにこの二体を引き離すのは気の毒だからな」

どこかほっとしたような国王様の言葉に私とハルクさんは頷き――

「仕方ないからもう一体も引き取ろうか」

「はい。この竜たちに寂しい思いをさせるわけにはいきませんから」

「違う……！　儂《わし》が言いたいのはそういうことではない……ッ！」

きょうだいの絆《きずな》を引き裂くなんて非道な行いは私たちにはできない。国王様もこんなに心配していることだし、ここは二体とも連れて行くしかないだろう。

「けど、それはそれで問題があるね」

「はい。あっちの子は素直についてきてくれそうには見えません」

今日出会ったばかりのほうの竜は、殺意の籠った視線で私たちを睨《にら》みつけている。

不用意に檻《おり》に近付けば、さっきみたいに攻撃してくるかもしれない。

一緒に連れていくといってもこのままでは難しそうだ。

「そ、そなたら。考え直さんか？　この竜は儂《わし》のお気に入りなのだ。他のものならなんでも用意してやるから……」

「ひとまず、前やったように威圧してみるしかないかな」

「お願いします」

「聞こえておるか？　おい、そなたらに話しかけているのだぞ」

「すみません国王様。私たちはいま大事な話をしているので静かにしてもらっていいですか？」

「そなた儂《わし》のことを完全に舐《な》め腐《くさ》っているな……！」

国王様が額に青筋を浮かべているけど気にしない。今は竜と打ち解けるほうが重要だ。

「じゃあやってみようか」

ハルクさんが檻《おり》に近付いていく。

『グルアアアッ！』

すかさず檻《おり》に突進して威嚇《いかく》してくる竜。私が腰を抜かすほど怖かったその行動にもハルクさんは動じず、薄く笑みを浮かべる。

「落ち着いて。僕は敵じゃないよ」

『グルルッ、グルルアアアアッ！』

「……それとも、僕と戦ってみるかい？」

びくりと飛竜の動きが止まる。

うん、気持ちはわかる。ハルクさんの威圧はそばで見ているだけでも怖すぎる。

けれど――

『……グルルルアアアアアアアアアッ！』

ハルクさんの威圧には一瞬怯《ひる》んだものの、飛竜はまたどっしゃんがっしゃんと暴れはじめた。

まさかハルクさんの圧力を撥《は》ねのけるなんて……

もう一体のほうは檻《おり》の隅っこでぶるぶる震えているというのに。

「うーん、駄目だね。こっちの竜はもう片方より気が強そうだ」

ハルクさんは参ったなあ、と頭をかきつつこちらに戻ってくる。

「威圧が駄目となると……」

「あとはもう実際に戦って力関係をはっきりさせるしかないかなあ」

竜は自分より強い相手に従う。

戦って屈服させる、というのは正攻法ではあるんだけど、これから一緒に旅をしようという相手にあまり手荒な真似をするのは考えものだ。

「うーん……それなら、私がやってみます」

「え？　セルビアが？」

「はい」

私は飛竜の檻《おり》の前に行き、暴れ続けている飛竜に片手をかざす。

「【聖位障壁《セイクリッドバリア》】」

そして障壁魔術を発動する。

『グルッ……!?』

「【聖位障壁《セイクリッドバリア》】、【聖位障壁《セイクリッドバリア》】、【聖位障壁《セイクリッドバリア》】……」

連続で障壁魔術を使い、飛竜の上下左右前後をすべて囲った。

障壁で立方体を作り、その中に飛竜を閉じ込めたと言い換えてもいい。

立方体は各辺三M弱で、飛竜が収まるぎりぎりのサイズだ。

『――――、――――!』

立方体には隙間がないので飛竜が吠える声ももう聞こえない。

飛竜は壁を破ろうと頑張っているみたいだけど、障壁の硬度に歯が立たずにいる。

「これでよし、です」

「……セルビア。一応訊きたいんだけど、これはなにをしているの？」

「障壁魔術で飛竜を閉じ込めているんです」

「なんのために？」

「ちょっと酸欠になってもらおうと思いまして」

障壁魔術はぴったり接着していて空気を通さない。

飛竜だって呼吸を行う生物である以上、あの立方体の中にいればいずれ酸欠で大人しくなることだろう。

「気の毒ではありますけど、ハルクさんがしつけるよりは手荒ではないはずです」

「……なるほど」

立方体の中は酸素の減りが速いらしく、最初こそ抜け出そうと暴れていた飛竜も徐々に勢いを失いつつある。

『――、――……』

うん、だんだん大人しくなってきた。

喘《あえ》ぐように呼吸をしながら飛竜は相変わらず私のほうを睨《にら》んでいる。

「お、おい。もういいだろう！　儂《わし》の竜をあまり虐めるな！」

国王様がはらはらしたように言ってくる。

「そうですね。あと十分くらいで出してあげましょうか」

「あの、セルビア。ほどほどにしないとそれこそ死んじゃうんじゃあ……」

「ふふ、なにを言ってるんですかハルクさん」

私は飛竜をじっと見つめながら、

「――私が『祈祷《きとう》』の中で何万回死んできたと思ってるんですか？　どのくらい痛めつけたら死ぬかなんて、世界中の誰よりよく知ってますよ」

見た感じあと十分くらいなら大丈夫だろう。

「「『…………』」」

ハルクさんと、国王様と、閉じ込められていないほうの竜が、揃《そろ》って信じられないようなものを見る目で私を見てきた。

……あれ、なんだかすごく不本意な印象を持たれたような。

『――……』

こっちの言葉は聞こえていないはずなのに、立方体の中にいた飛竜がゆっくりと地に伏した。

さっきまでのような攻撃的な雰囲気はもうない。

「あ、大人しくなりましたね。私たちのことを主人と認めてくれたみたいですよ！」

「う、うん。そうだね……」

ちょっとだけハルクさんが引いている気がしたけど、気のせいだと信じたい。

ともかく、こうして私たちは念願の飛竜を二体手に入れたのだった。

▽

「シャン！　次は左に曲がってからゆっくり降りてみてください！」

『ぐるるるるぅ！』

鞍《くら》に乗ったまま大声を張り上げると、赤色の鱗《うろこ》を持つ飛竜――シャンが了解の意を示すように吠える。

翼を大きくはためかせて指示通り左に軌道を変え、そこから旋回してゆっくりと庭のなにもない場所を目がけて下降していく。

ばさっ、ばさっ、と音を立ててシャンが地面に降り、私も鞍《くら》から慎重に飛び降りる。ちゃんと地面についてから鱗帯《りんたい》にくくりつけた命綱を外すのも忘れない。

「ふう。お疲れさま、シャン」

『ぐるるぅ』

私が額のあたりを撫でると、シャンは得意げに鳴いて頭を手にこすりつけてくる。

最初はいきなり襲いかかってきたシャンだけど、どうにか慣れてくれたようで良かった。話しかけるたびに攻撃されたら一緒に旅なんてできないし。

と、そこまで一連の動きを見ていたハルクさんが声をかけてくる。

「もう飛竜の扱いはばっちりだね、セルビア」

「はい！　ハルクさんがいろいろ教えてくれたおかげです！」

「あはは、どういたしまして。国王陛下が旅に必要なものを用意してくれるまでの時間、ただ暇をしているのももったいないしね」

苦笑気味にハルクさんがそんなことを言う。

国王陛下に飛竜をもらってから二日が経った。

さすがの国王様でもハルクさんが告げたものをすべて用意するには時間がかかるようで、数日間私たちは待たされることになっている。そこでハルクさんは私に飛竜の乗り方を教えてくれたのだ。

おかげで随分私も飛竜……シャンと打ち解けることができたような気がする。

「ハルクさん、タックの調子はどうですか？」

「相変わらずかな。乗せてはくれるけど、まだ若干怯《おび》えられている気がするよ……」

双子の飛竜のうち、私を乗せてくれるシャンは姉、ハルクさんが乗るほう――タックは弟である。

そちらは最初に力の差を見せつけたことの弊害《へいがい》がいまだに続いているようだ。

まあ、一緒に過ごしていけばそのうち仲良くなれると思うんだけど……

「……そなたら、王城の庭で昼間から談笑とはいい身分だな」

「あ、国王様」

私とハルクさんが話していると、憮然《ぶぜん》とした表情の国王様が歩いてきた。

国王様は私のそばにいるシャンを見ながらこんなことを言ってくる。

「儂《わし》の飛竜に乗せてもらってご満悦か？　だが、そなたらはこの可愛い飛竜を脅《おど》して乗りまわしているに過ぎんぞ」

「は、はあ」

まあ、確かに最初はこちらの力を認めさせるために飛竜を障壁魔術で閉じ込めたりしたけど……急になんの話だろう？

国王様は嘆かわしいとばかりに首を振る。

「いやまったくシャンとタックが気の毒でならん。どれ、ここは儂《わし》が飛竜との絆《きずな》というものを見せてやろう。そしてどちらが真の主か証明してくれる」

「……えー」

「なんだその不満そうな態度は」

なにを言い出すのかと思ったら、どうやら国王様はまだ私たちに飛竜を譲ることを受け入れられないようだ。

国王様はシャンのそばにやってくると尊大な声色で話しかける。

「よーしよし、シャンよ。久しぶりに空を飛べて楽しかったか？」

ドグシャッ！

シャンの尻尾が国王様の真横の地面を叩き割った。

「しゃ、シャン……!?　そなた儂《わし》のことを今攻撃しなかったか!?」

『フンッ』

「鼻で笑ったか!? そなた今儂《わし》のことを鼻で笑いおったな!?」

「すみません国王様。うちのシャンが酷《ひど》いことを」

「ええい黙れ！ 当然のように『うちの』をつけるんじゃない！」

国王様が悔しそうに地団駄《じだんだ》を踏んでいる。朝から元気だなあ。

ハルクさんが仲裁《ちゅうさい》するように国王様に話しかける。

「まあまあ、そのくらいで。それより陛下、なにか用件ですか？」

「……フン。用件もなにも、そなたが望んだ旅支度《たびじたく》をすべて終えたから伝えにきてやったのだ」

おおっ。どうやらついに出発の準備が整ったようだ。

王城のほうから荷物を抱えた王城の使用人たちが何人も出てくる。どれもすでに飛竜にくくりつけることのできる専用の器具に入っているので、この場で装備させればすぐに出発することができそうだ。

「いやあ、助かりました。国王陛下」

「まさか連絡用の魔晶石《ましょうせき》まで用意させられるとは思わなかったぞ……そなたアレがいくらするか知っておるのか？」

「あはは、もちろんですよ。だから陛下に頼んだんじゃないですか」

「本当にいい度胸をしているな貴様……！」

ハルクさんと国王様が和やかに話している間に、使用人たちが着々と荷物をシャンとタックにくくりつけていく。

と、意外な人物が近づいてきた。

「……教皇様？」

「ええ。おはようございます、セルビアに『剣神』殿」

そう、使用人のあとから出てきたのは先日話したラスティア教皇のヨハン様。どうしてこの人がこんなところに？

「不思議そうな顔をしていますが、私はただの見送りですよ」

「見送りって……教皇様自らですか⁉」

「そんなに変なことでもないでしょう。なにしろあなた方は教会の悲願ともいうべき魔神退治のために動いてくださるのですから」

こともなげにそんなことを言う教皇様。敬虔な教徒だったら卒倒してますよ、それ。

私と教皇様が話していると、ハルクさんが国王様との会話を切り上げてこっちに歩いてきた。

「おはようございます、教皇猊下《げいか》」

「ええ、『剣神』殿」

「あ、セルビアこれあげる。持っておいてね」

教皇様に挨拶《あいさつ》を済ませると、ハルクさんは私にあるものを渡してきた。

これって……連絡用の魔晶石《ましょうせき》？　確かハルクさんが教皇様にもらっていたのと同じものだ。

それを見て教皇様が首を傾げる。

「おや。『剣神』殿は魔晶石《ましょうせき》をもう一つ持っていたのですか？」

「いえ、国王陛下に用意してもらったんです。とりあえず、セルビアのものに僕のと教皇猊下《げいか》のを登録しておきましょうか」

ハルクさんは私の魔晶石《ましょうせき》に自分の魔晶石《ましょうせき》を触れさせる。すると触れ合った場所から火花が散ってそれぞれの石の中に吸い込まれていった。続いて教皇様のものでも同様の作業をする。

どうやらこれで連絡が取れるようになったようだ。

「おい、二人ともなにをしている！　とっくに準備はできているぞ！」

そうこうしていると、国王様が焦れたように声を張り上げた。

見るとシャンたちに荷物を取りつけおわっており、あとは私とハルクさんが飛竜に乗れば出発できるようになっていた。

「それじゃあ僕たちはそろそろ」

「ええ。どうかお気をつけて。……セルビアも、どうか元気で」

「はい」

教皇様に出立の挨拶《あいさつ》をしてから、私とハルクさんは飛竜のもとへと歩いていく。私はシャンに、ハルクさんはタックにそれぞれまたがり指示を出す。

二頭の飛竜は荷物の重さなんて感じていないように力強く飛び上がり、あっという間に上空に到達した。

目指すは坑道都市メタルニア。

いよいよ旅の始まりだ。

▽

昼だというのに薄暗い街だった。

薄暗いのも当然といえば当然で、なにしろその街は洞窟《どうくつ》の中に作られているのだ。壁面には光源となる『アカリゴケ』が自生しているので日常生活に支障はないが、屋外ほどの明るさはない。

街のいたるところからは熱気と鉄を打つ音が漏れてくる。

通りには作務衣《さむえ》に身を包んだ体格のいい男たちが闊歩《かっぽ》している。

「あー……くそ、クズ石ばっかじゃねえか」

そんな独特な街の中を一人の少女が歩いていた。

長い赤髪を頭の後ろで一つにくくって流している。目鼻立ちは整っているが美人というよりは気の強さが際立っており、服装は大変な薄着で肩もへそも露出させている。

暑いのはご免だと全身で訴えかけるような出でたちだった。

道行く人間が男ばかりなのでぶっちゃけ超目立っているのだが、少女が気にする様子はまったくない。

「せっかくわざわざ魔物のいる鉱山に潜《もぐ》って鉱石取ってきたってのに……やっぱいい採掘ポイントは連中が押さえちまってんのかなー」

ぼやく少女は肩にツルハシ、手に鉄鉱石入りのバケツを抱えている。

少女は採掘帰りなのだった。彼女の手には普通では持ちきれないくらいの鉄鉱石があるわけだが、それについて誰も気にしない。いつものことなのだ。

――と、少女はふと通りの向こうからくる男性に気付いて声を上げた。

「ん？　おーい、八百屋のおっちゃんじゃねえか。どーしたよ、不景気な顔して？」

「あ、ああ……レベッカか」

少女に声をかけられた男性はぎこちない笑みを浮かべた。レベッカと呼ばれた少女のほうは一瞬首を傾げたが、気にせず世間話をする。

「あたしがこないだ作った包丁の調子はどうだ？」

「……ああ、うん。よく切れるよ。軽いし取りまわしもいいから助かってる」

「そうだろそうだろ。いくら包丁っつっても鍛冶師《かじし》レベッカさんの作品だからな。そりゃあ切れ味いいに決まってらあ」

「ああ……」

得意げな少女の言葉にもどこか上の空な様子の男性。

さすがに怪訝《けげん》に思った少女は眉根を寄せた。

「……なあ、さっきから返事が鈍くねえか？　包丁の出来に問題があるってんなら遠慮なく言ってくれていいぞ。今度こそ満足いくもんを打ち直してやるよ」

「い、いや、そういう話じゃないんだ。……悪いが俺はもう行くよ」

「？　あ、おい！」

少女の呼び止める声を聞いても男性は振り返らず、足早に歩き去った。

「なんだってんだ……？」

少女は首を傾げる。

あの男性は顔見知りの八百屋の店主で、少女とはよく話す間柄だった。それが今日に限っては、まるで腫《は》れ物《もの》に触るように少女と目も合わせようとしなかった。

理由はわからない。

けれど、さっきの男性の対応は――まるでなにかに巻き込まれまいという態度で。

「……まさか」

少女は嫌な予感を覚えて駆け出した。

通りを抜けて路地裏に入り、少女は自分の『店』へと急いで戻る。

最悪だった。予想が的中した。

「――！」

少女が営む、古く小さく、一方で長い長い歴史のある鍛冶屋《かじや》。

その入り口がまるで槌《つち》で殴《なぐ》りつけたかのようにひしゃげていた。

閉じてあった鎧戸《よろいど》は無惨に砕《くだ》かれ、扉も真ん中からへし折られている。鍵をかけていたはずの店内は侵入した何者かによって荒らされており、少女が必死に鍛え上げた剣や鎧《よろい》は徹底的に破壊されていた。壁には目立つ赤いペンキで暴言まで書《か》き殴《なぐ》られている。

そこまでやったくせに、金目のものは一つも取られていない。

物盗りの仕業でないことは明らかだった。

「くそ、やられた……ッ」

ぎりっ、と少女は歯を食いしばる。

少女が半日留守にしている間に、何者かがやってきて店にこの劣悪な『嫌がらせ』をしていったのだ。

八百屋の男性が妙によそよそしい態度だったのはこれが原因とみて間違いない。少女と仲がいいことがバレると自分にも火の粉が降りかかるかもしれないから。

少女は床に打ち捨てられた鎧《よろい》や剣の残骸《ざんがい》を拾い上げる。どれも修復不可能なのは一目でわかった。

煮えたぎる怒りを吐き出すように、少女は壁の落書きを睨《にら》みつけた。

「……絶対に許さねえぞ、あのクソ女」

壁にはあざ笑うかのようにこんな言葉が書き殴《なぐ》られていた。

——インチキ『神造鍛冶師《しんぞうかじし》』に正義の鉄槌《てっつい》を！

第三章　坑道都市メタルニア

「通行止め、ですか？」

「はい」

私が尋ね返すと、衛兵は重々しく頷いた。

ユグド鉱山。

鉄鉱石だけでなく、魔力を含んだ魔力鉱石が産出されるとても大きな鉱山だ。私たちの目的地である坑道都市メタルニアは、その鉱山の内部にあるらしい。

必然的に、私たちはユグド鉱山の中に入る必要があるわけだけど——なぜかその入り口で足止めを食らっていた。

「なにか問題でもあったのですか？」

ハルクさんが尋ねると、衛兵は頷いた。

「実は鉱山の中に『ロックワーム』が出現しまして……」

「なるほど。それは大変ですね」

納得したように頷くハルクさんに私は尋ねた。

「あの、ハルクさん。ロックワームってどんな魔物なんですか？」

「まあ、巨大なミミズみたいなものかな」

「ミミズですか？　そう聞くとなんだかあまり強くなさそうな気がしますね」

「ただし全長五Мを越えるし、人間の骨を噛《か》み砕《くだ》く強い顎《あご》を持ってる」

「……ごめんなさい。今のなしで」

どうやら鉱山の中に出現している魔物は想像以上に恐ろしいもののようだ。

「なにより厄介《やっかい》なのが、あの魔物は群れで行動するんです。鉱山の中では、すでに五体以上のロックワームが確認されています」

身震いしながら衛兵がそんな補足をする。

全長五М以上の巨大ミミズが、五体以上。

それは確かに大変な事態だ。坑道が通行止めになるのも仕方ない。

「現在、街の衛兵や冒険者が総出で討伐を行っております。すみませんが、しばらく坑道への立ち入りはご遠慮ください」

そう言って衛兵は頭を下げた。

「なんだか大変な時に来てしまったようですね、ハルクさん」

「そうだね。……」

私の言葉に相槌《あいづち》を打ってから、急にハルクさんの表情が険しくなった。

なんだろう？

なんて思った直後、異変が起こった。

『――ギィイイイイイイイイッ！』

「ま、魔物っ⁉」

衛兵の背後、つまり彼が入り口を塞《ふさ》いでいた坑道の中から牙の並ぶ巨大な口が迫ってくる。腰を抜かす衛兵を庇《かば》うようにハルクさんが前に出て、抜剣。

「【風刃付与】」

ハルクさんの手元で、折れた刃の代わりに緑色の魔力が現れて刀身を作り出す。

ザシュッ、という音とともに怪物はあっさり切り裂かれた。

『ギギャアアアアアアッ‼』

倒れ伏す魔物。巨体をくねらせ、しばらく蠢《うごめ》いていたけど、すぐに動かなくなった。

この魔物の外見って……

「ハルクさん。これがロックワームですか？」

「ああ。人間の匂いにつられて寄ってきたみたいだね」

たった今ハルクさんに切り捨てられたのは、まさしく全長五Mの巨大ミミズだった。丸のみにされかけた衛兵は、腰を抜かしたまま「た、助かった……！」とうめいている。

そんな衛兵に手を貸しながらハルクさんが言った。

「衛兵さん。僕を坑道に入れてくれませんか？」

「は、はい？」

「ロックワームの討伐に協力します。これでもSランク冒険者ですから」

ハルクさんは懐から冒険者証を取り出して衛兵に見せる。すると衛兵の表情がみるみる変わった。

「え、Sランク……⁉　となるとあなたはまさか、かの有名な『剣神』ハルク殿⁉」

「……そうですね。そう呼ばれることもあります」

「ああ、なんということだ！　『剣神』殿が協力してくださるなんて願ってもいないことですよ！」

感激している様子の衛兵。

……余談だけど、冒険者証はハルクさんの指示で隠すことになっている。

身分証明にはなるけど、高ランクの冒険者証はつけているだけでトラブルの元になるらしい。厄《やっ》介《かい》な魔物の退治を押しつけられたり、腕試しといって他の冒険者に勝負を延々吹っかけられたり、他にもいろいろあると聞いてはいたけど……この衛兵の様子を見ると納得させられる。

「そういうことだから、セルビア。ちょっと行ってくるよ。シャンたちと待っていて」

「えっ。わ、私も行きます！」

さらっと置いて行く宣言をされた。パーティはどんな時でも一蓮托生なんじゃないんですか⁉

「今回は広い坑道の中を動きまわることになるだろうからね……どうしてもって言うなら、セルビアを抱えて移動することになるけど」

「……留守番してます」

それは文字通りお荷物以外の何物でもないだろう。

相手が普通の魔物ならハルクさん一人で十分だろうし、ここは大人しくシャンたちと待っていることにしよう。

「ロックワームは地中を移動します。数日がかりになると思いますが、粘り強くいきましょう『剣神』殿」

気合いを入れるようにそう言う衛兵に、ハルクさんは首を横に振る。

「いえ、もう少し手早く済ませる方法があります。――【生体感知】」

きんっ、とハルクさんを中心に甲高い音が響いた気がした。

おそらくそれは錯覚だ。たぶんだけど、これ……薄い魔力が飛んできた？

「坑道の中にロックワームはあと六体いるみたいですね」

「ハルクさん、これは？」

「簡単に言えば、自分の魔力を飛ばして、その反射で敵の居場所を探る技術だよ。そんなに難しくないから今度セルビアにも教えるね」

「難しくない、ですか」

ちらりと視線を横に流すと、衛兵が唖然《あぜん》としている。

「……広大な坑道中の敵の居場所を探る……？　そんなこと、強大な魔力を持つ大魔術師でなければできるはずが……」

うん。この反応を見るに普通のことではなさそうだ。

いつものことながらハルクさんに常識は通じない。

「それじゃ行ってくるね。たぶん三十分くらいで終わると思う」

「はい。お気をつけて」

言った瞬間、ハルクさんの姿が掻《か》き消《き》えた。相変わらずすごいスピードだなあ。

「きっ、消えた⁉　どんな速さをしているんですか……⁉」

「それじゃあ衛兵さん、お勤め頑張ってください。私は向こうで竜のお世話をしてきます」

「……『剣神』様も大概《たいがい》ですが、あなたも動じませんね」

「これくらいで驚いてたら身がもたないですからね……」

もう慣れました。

▽

「シャン、大人しくしていてくださいねー」

『ぐるぅ』

ハルクさんを待っている間、私はシャンのブラッシングをしていた。

ブラッシングといっても使うのは動物の毛を束ねたようなものではなく、細い針金でできたもの。見た目としては剣山にしか見えない。

これで鱗《うろこ》の間の汚れを落とすのだ。

人間に使ったら大怪我《おおけが》待ったなしだけど、竜はこれが気持ちいいらしい。

剣山ブラシでがしがしとシャンの背や脚をこすっていく。

「シャン、気持ちいいですか？」

『～♪』

嬉しそうに喉を鳴らすシャン。喜んでくれているみたいだ。

『……ぐるるぅ』

「ああ、拗《す》ねないでください。ちゃんとタックにもあとでやってあげますから」

シャンのブラッシングを続けていると、横からタックが私の服の裾を引いた。どうやら自分にもやれと言いたいらしい。

それにしてもこの二体、すっかり懐《なつ》いてくれて嬉しい。

出会った頃は、まさかブラッシングをねだるようになるなんて思わなかった。

……まあ、タックに関してはいまだにハルクさんに怯《おび》えているので、世話はすっかり私の担当になっているんだけど。

そんな感じで竜たちのお世話をしていると――

『セルビア、ちょっといい？』

「あ、ハルクさん。ロックワーム討伐が終わったんですか？」

魔晶石《ましょうせき》からハルクさんの声が聞こえてきた。

私の質問にハルクさんはこう答えた。

『うん。終わったよ。それはいいんだけど、ちょっと怪我人《けがにん》を見つけてね。治療をお願いしてもいい？』

怪我人《けがにん》の治療なら得意分野だ。私は頷く。

「わかりました。坑道のどのあたりですか？」

『説明するのもなんだし、怪我人《けがにん》を連れて直接そっちに行くよ。入り口あたりで待ってて』

「はい」

というわけでシャンとタックのブラッシングを中断し、坑道の入り口に向かう。

しばらくすると、人を背負ったハルクさんが坑道の奥から戻ってきた。

「ただいま」

「おかえりなさい、ハルクさん。怪我《けが》をされているのは背負っている方ですか？」

「うん。早速で悪いけど治療をお願いするよ」

ハルクさんがそっと背負っていた人物を地面に降ろす。

長い赤髪を後頭部でくくった少女だった。背は高めで、年齢は私よりおそらく少し上だろう。

肌は健康的に焼けていて、布の少ない軽装は暑さを全力で拒絶しているかのようだ。

体のあちこちが傷ついているのは、ロックワームに襲われたからだろうか。

うーん……見た感じ、このくらいなら強い回復魔術は必要なさそう。

「【ヒール】」

怪我人《けがにん》の少女を治療しながら、私はハルクさんに聞いた。

「女の子だったんですね。てっきり討伐隊の誰かかと思っていました」

「討伐隊の人とも会ったんだけど、たぶんそっちとは無関係だね。これを持ってたし」

そう言ってハルクさんが私の前に掲げたのは……鉄鉱石の詰《つ》まったバケツに、採掘用のツルハシだろうか？　ツルハシは元よりバケツのほうも相当重そうだ。

「……鉄鉱石の採掘をしてたってことですか？」

「たぶんね。僕が見つけた時には武器もなしにロックワームと戦おうとしてたから、採掘中に偶然出くわして襲われたんだと思う」

「そうですか。それはさぞ怖かったでしょうね……」

採掘中に巨大なロックワームに遭遇し、素手での戦いを強いられる。きっとこの少女は途轍《とてつ》もない恐怖を味わったことだろう。

「どうだろう。この人、素手でロックワームと相討ちになってたけど」

「えっ」

それは予想外すぎる。

全長五Ｍのロックワームと素手で相討ちって、相当な実力者じゃないとできないと思うんですが。

「……ん？」

そんなことを話していると、赤髪の少女が目を覚ました。

勢いよく半身を起こしてきょろきょろと周囲を見まわす。

「――どこだここ？　あたし確か、あのでかミミズにぶっ飛ばされて……」

次に赤髪の少女は私とハルクさんを見た。

「あんたらは？　もしかして、あたしを助けてくれたのか？」

私とハルクさんは顔を見合わせ、代表するようにハルクさんが言った。

「僕はハルク。冒険者だ。坑道のロックワームを討伐している途中できみを見つけて、ここまで運んできた。こっちはセルビア。僕と同じく冒険者で、きみを治療してくれた」

「あー……そういうことか」

それから赤髪の少女はあぐらをかいたままがばっと頭を下げた。

「悪い、迷惑かけたな。あたしはレベッカってんだ。助けてくれて感謝するぜ、ハルクにセルビア」

少女に潔く頭を下げられて、私とハルクさんは「いえいえ」と首を横に振った。

「このバケツとツルハシはきみのだよね？」

「ん？　あ、拾っといてくれたのか！　助かるよ。これがないと商売にならねえからな」

ハルクさんから渡された鉄鉱石の詰《つ》まったバケツやツルハシを受け取り軽々と持ち上げる赤髪の少女、もといレベッカさん。

おかしい。私の気のせいでなければあのバケツは尋常じゃない重さのはずなのに。

戦慄《せんりつ》する私を尻目にハルクさんがレベッカさんに話しかけている。

「商売というのは？」

「あたし鍛冶師《かじし》なんだよ。鉄がねえと剣も鎧《よろい》も作れねえだろ？」

当然だろ、とばかりにレベッカさんがそんなことを言う。鍛冶師《かじし》！　なんとなくその職業につくのは男性が多いイメージなので意外だ。

レベッカさんは立ち上がりながら言った。

「あたし、これからメタルニアに戻るんだ。あんたらは？」

「僕たちも今からメタルニアに行くところだよ」

「そんじゃ一緒に行こうぜ。案内するよ」

そんな流れで私たちはレベッカさんについて、メタルニアに向かうことになった。

▽

シャンとタックを連れてきて、再び坑道に入っていく。

二体の飛竜を見て、レベッカさんは感心したような声を出した。

「あんたら竜連れてんのか。すげーな」

「人を襲ったりしないので安心してくださいね、レベッカさん」

「『さん』とかいらねーよ、まだるっこしい」

「そうですか？　ではお言葉に甘えて」

「はいよ。それよりこの竜、頑丈そうな爪してんなあ。……いい武器になりそうだ」

「すみませんレベッカ、竜が怖がってるので目を輝かせるのは控えてもらえると」

レベッカさん――もといレベッカが目を爛々《らんらん》と光らせてシャンたちの爪を凝視《ぎょうし》している。竜の爪は上質な武器素材になるらしいので、鍛冶師《かじし》としては気になってしまうんだろうけど……あまりの眼光にシャンは嫌そうにレベッカと距離を取り、気弱なタックに至ってはシャンの陰に隠れてしまった。

そんなことを話しながら薄暗い道を進んでいくと、やがて開けた空間に出た。

「わあ……！」

思わず声を出してしまう。

直方体の石造りの建物が並び、まっすぐ敷かれた石畳が整然とした印象を強めている。頭上を見上げると、あちこちの屋根から排気用らしきパイプが大量に張り巡らしてある。薄暗い洞窟《どうくつ》内を照らすのは等間隔で配置された光る苔《こけ》だ。

街のほうからは鉄を打つ音や、熱を帯びた煙が漂ってくる。

王都とはまったく違う、独特の街並みに思わず見入ってしまう。

私だけでなく、ハルクさんも感嘆するように街を眺めている。

そんな私たちを見て、得意げにレベッカが言った。

「はい到着。ようこそお客人、ここが世にも珍しい『坑道都市』メタルニアだぜ」

坑道都市メタルニア。

その名の通り、鉱山の中を走る坑道の途中に造られた街だ。

普通の鉱山なら掘った鉱石はそのまま外の加工場まで運ぶけど、このユグド鉱山はあまりにも広かったためにそれが途轍《とてつ》もなく大変だった。そんな中当時の鉱山管理者が、鉱山の中に加工場を作ることを提案したのがすべての始まりとされている。

広大なユグド鉱山の中心部に加工場を作ったことで鉱石を運搬する手間は激減。

さらにそこを起点に鉱石掘りをすることで、あらゆる面で工業が効率化された。

いつしか加工場の周辺には鉱山労働者の宿泊場所や、製品の取引所などができて発展していく。

やがてそこは一つの街と呼べるほどの規模となり、鉱石の名産地にして、鍛冶師《かじし》の聖地と呼ばれるようになった。

「――ってわけ。まあ、あたしの生まれるずっと前の話だけどな」

「へえ～……」

レベッカから街の説明を受けながら、メタルニアの中に入っていく。

「鍛冶師《かじし》の聖地か。確かに、街行く人を見る限り職人気質な人が多そうだね」

ハルクさんの言う通り、行き交う人の多くは不愛想そうで、体格が良くて、なんとなく『鍛冶師《かじし》』らしい雰囲気だ。

他には武器を依頼しに来たのか、冒険者や商人らしき人たちもちらほらいる。

王都やポートニアみたいな賑《にぎ》やかさはなくて、全体に質実剛健な感じというか。

……けど、なんだろう。

すれ違うこの街の人たちの表情は、寡黙《かもく》という以上に……なんだか暗いように感じられる。単なる直感でしかないけど、全体的に陰鬱《いんうつ》な空気が漂っているような。

――と。

『ふざけんなよっ、そんな金額聞いてねえぞ!?』

響き渡る怒声。

驚いて声がしたほうに視線を向けると、武器や防具が並ぶ装備品店の中で二人の男性が言い争いをしているところだった。

『ミスリル鉱石の相場はもっと安かっただろうが！』

『すまないな。最近になって高騰したんだ。嫌ならよそを当たってみるか？』

『それができれば――！　くそっ、払えばいいんだろ、足元見やがって腐《くさ》れ商会が！』

男性の片方が投げ捨てるように革袋を投げつける。もう片方の男性は、その中身を確認すると満足そうに去っていった。

「今のは……」

「鉱石の取引、みたいだね。商会がどうとか言ってたし」

ハルクさんの言う通り、会話の中で相場がどうの、商会がどうのと言っていた。

単なる商談にしては険悪だったような気もするけど。

「……」

「レベッカ？」

「……あー、いや、なんでもねえ。つーか二人とも、今のはあんま気にすんなよ。この街じゃ日常茶飯事だからな」

肩をすくめてそんなことを言う。

その含みのある言い方が少し引っかかったけど、まあ、レベッカがそう言うなら気にしないでおこう。

私とハルクさんには他に目的があることだし、そっちに集中だ。

そんな一幕を挟みつつも、レベッカの案内でまずは宿に向かった。

竜のための厩舎《きゅうしゃ》なんてなかったので、せめて馬房が一番大きな厩舎《きゅうしゃ》のある宿を選んで、シャンたちにはそこで過ごしてもらうことになったわけだけど――

『……ぐるるぅ』

『きゅいい』

「シャン、タック！　また戻ってきますから！　服を咥《くわ》えないでください！」

二体の飛竜は私の服に噛《か》みついて引っ張り、放そうとしない。ちょっ、服が破れそうなんですが！

そんなにブラッシングを中断したのが気に入らなかったんですか⁉

「おお……竜に懐《なつ》かれてる。すげーなセルビア」

「……僕には全然懐《なつ》いてくれないんだけどね。あの二体」

「なに落ち込んでんだよハルク。あれ羨ましいか？　セルビアの服、噛《か》み千切られる寸前だぜ？」

「あれはあれで竜の愛情表現だからね。微笑ましいじゃないか」

のに！

「二人とも、のんびり話してないで助けてください！」

少し離れた場所ではハルクさんとレベッカが談笑している。こっちはそれどころじゃないという

寂しがるシャンたちをなだめてから厩舎《きゅうしゃ》を出ると、レベッカがこんな提案をしてきた。

「二人とも、このあとヒマか？　うち寄ってけよ。助けてくれた礼に茶くらい出すぜ」

私とハルクさんは目配《めくば》せし、そして同時に頷いた。

「ありがとうございます。実はメタルニアの人に聞きたいことがあったので」

「？　あたしで良ければいくらでも話すけど」

「助かります」

私たちの目的は、メタルニアのどこかにいるという『神造鍛冶師《しんぞうかじし》』に会うことだ。

どんな人物なのか、どこにいるのか。この街の住人であるレベッカならそのあたりの情報を知っ

ているかもしれない。

移動しながらレベッカが聞いてくる。

「ちなみに聞きたいことってのはなんなんだ？」

「『神造鍛冶師《しんぞうかじし》』の居場所についてです。私たちはその人物に依頼をしにきたんです」

「は？　『神造鍛冶師《しんぞうかじし》』？」

レベッカは目を瞬《またた》かせ、「あー……」と後頭部をかいた。

「それあたしのことだわ」

「「えっ」」

私とハルクさんの声が重なる。

赤髪の少女はあっさりと言った。

「あたしが二人の探してる『神造鍛冶師《しんぞうかじし》』ってやつだ。そんでお二人さん、あたしになんの用だって？」

第四章　鍛冶師《かじし》の少女

偶然助けた人物が目当ての『神造鍛冶師《しんぞうかじし》』だった。

……そんなことがあるんだなあ。

「さあ着いたぜ。ここがあたしの店だ」

レベッカに案内された先には小さな、しかし歴史を感じる武具店があった。どうやらレベッカはここの店主のようだ。

それはいいんだけど、店の外観について気になることがある。

「……あの、レベッカ。なんで扉が真ん中からばきばきに壊れてるんですか？」

店の入り口が鈍器で殴《なぐ》られたようにへし折れている。

この事態はどう見ても普通じゃない。

「鎧戸《よろいど》も破壊されてる……物盗りにでも入られたのかい？」

「よくあることだよ。気にすんな」

「ないと思いますけど……」

戸惑《とまど》う私たちと対照的に飄々《ひょうひょう》としているレベッカ。

一見平然としているようだったけど……その表情が、わずかに歪《ゆが》んだ。

「……ああ、そうだ。ねえよこんなこと。全部あの女のせいだ」

あの女？　一体なんのことだろう。

気になったけど、私が訊く前にレベッカが仕切り直すように咳払いをした。

「まあ、そのへんの話はあとだ。とりあえず入りな」

「は、はい」

「ありがとう。お邪魔するよ」

疑問は尽きなかったけど、ひとまずレベッカのあとについて店の中へ。

「とりあえず飲みもん持ってくる。適当に座って待っててくれや」

なんだかもう女の子とは思えないような口調で言って、レベッカが店の奥に引っ込む。

待っている間、私はぐるりと店内を見まわした。

「……酷《ひど》い、ですね」

「ああ……ただの物盗りならここまでしない」

店内も外観と同じく惨状が展開されていた。

すでに片付けは済んでいるんだろうけど、それでは隠し切れないほどの破損っぷりだ。床が凹《へこ》んでいたり、窓が割られていたり。

一番目立つのは――壁にぶちまけられた赤いペンキ。

濡れ布巾を使って拭きとろうとしたんだろうけど、すでに手遅れだったのかすっかりこびりついてしまっている。


――インチキ『神造鍛冶師《しんぞうかじし》』に正義の鉄槌《てっつい》を！


書き殴《か なぐ》られた文章はそんな内容だった。

「インチキ『神造鍛冶師《しんぞうかじし》』、か」

「……どういうことなんでしょう？」

「さあ。けど、どうもこの件はとてもややこしい事態になっている気がしてきたよ」

「私もです……」

ともかくレベッカに事情を聞きたいところだ。

「お待ちどうさん。水で悪いけどけっこう美味《うま》いぜ」

「あ、ありがとうございます」

レベッカが陶器のコップに水をなみなみ注いで持ってきてくれる。ご、豪快だなあ……

「……あ、ほんとだ。美味《おい》しいね」

「地下水脈から吸い上げてるらしいな。なんか免疫力を高める成分が含まれてるとかで、商人どもが張り切って売りさばいてるよ」

「へえ……水一つとっても特別なんですね、この街って」

冷えた水を飲みながら感心してしまう。そういう独自性は、ずっと王都に閉じ込められていた私にはすごく新鮮に感じる。

「で、どうするよ。あたしとあんたら、どっちから話す？」

水を一気飲みしたレベッカが訊いてきた。

ちら、とハルクさんが私を見た。私が決めていい、ということだろう。私はレベッカをまっすぐ見て訊いた。

「私たちから話します。いいですか、ハルクさん」

「僕は構わないよ」

「いいのかよ、お二人さん。あそこの壁の落書き見ただろ？　あたしはインチキ『神造鍛冶師《しんぞうかじし》』かもしれねえぞ？」

「本当に悪い人なら、そんなこと言ったりしませんよ」

「……そうかい」

私が言うと、レベッカは照れたように鼻を鳴らした。

うん。やっぱりレベッカは悪い人じゃないと思う。

教会でさんざん悪人を見てきた私には、いい人かどうかは少し話せばわかるのだ。

私は簡単に事情を説明した。

私が元聖女候補であること。

王都付近に迷宮が出現し、ハルクさんと一緒に対処したこと。

今は魔神を倒すために動いていて、メタルニアに来たのは『神造鍛冶師《しんぞうかじし》』に魔神を斬るための宝剣を作ってもらうためであること。

すべて話しおえると、レベッカは唖然《あぜん》とした顔をしていた。

「……聖女候補？　マジ？」

「元、です」

「じゃあさっきあたしを治したってのは……」

「回復魔術です」

「……わーお。いや、ただものじゃない感じはしてたけど……元聖女候補に、世界唯一の単独Sランク冒険者？　とんでもねー組み合わせだな、おい」

半ば呆《あき》れたようにそう言ってくる。

私は苦笑を浮かべた。

「ハルクさんはともかく、私は回復魔術が使えるだけの普通の人ですよ」

「………え……？」

「なにか心外なことを考えていませんか、ハルクさん」

「いいことを教えてあげるよセルビア。回復魔術で王国の騎士団を全滅させられる人間を普通とは呼ばないんだ」

「あ、あれは忘れてください……」

【神位回復《ラスティアヒール》】なんていつもできるわけじゃない。あれを基準にされるのはちょっと。

「つまりここには化け物が二人ってわけだな。理解したぜ」

「納得しないでください、レベッカ」

出会ったばかりの相手に化け物扱いされるのは不本意すぎる。

「と、とにかくそういうわけで、魔神退治のための宝剣を作ってほしいんです」

私がそうまとめると、レベッカはふーむと顎《あご》に手を当てた。

「まあ作れってんなら作るけど」

「つ、作れるんですか？」

「さあ？　宝剣ってのはあたしも作るのは初めてだからよくわからんけど、なんとかなんだろ、たぶん」

「……レベッカ」

「ふ、ふざけてるわけじゃねえよ！　セルビアも加護受けてんならわかるだろ？　たぶんお前の回復魔術だって、特訓して使えるようになったんじゃねえはずだ」

その言い分に、う、と口ごもってしまう。

レベッカは『神造鍛冶師《しんぞうかじし》』を名乗った。

『神造鍛冶師《しんぞうかじし》』は神ラスティアによって生み出されたので、その点では聖女に近い。

そして私のような聖女候補は、回復魔術なんて生まれた時から使えた。

それと同じだ。レベッカにとって鍛冶《かじ》というのは直感的に『できる』ものなんだろう。

「ま、宝剣なんて見たことねーから、実物見ねえとできるかどうかわかんねーけど」

「……実物を見たら、作れるようになりますか？」

「たぶんな」

レベッカはそう言って頷いた。

実物は――ある。教皇様から宝剣の欠片を預かっているから。

けど、『たぶん』かぁ……うーん。

「レベッカ。申し訳ないんだけど、なにか証明できるものはないか？」

「ってーと？」

「きみが『神造鍛冶師《しんぞうかじし》』だという証拠だ。それがないと、大切な宝剣の欠片を預けることができない」

ハルクさんはきっぱりと、私の内心と同じことを口にした。

「……あたしの腕が信じられねえってか？」

見るからに不機嫌になるレベッカに、ハルクさんは苦笑する。

「鍛冶師《かじし》としては素直に賞賛するよ。店に並んでいる剣も鎧《よろい》も素晴らしい出来だということは、僕にもわかる。ただ、宝剣を預けるとなると話は別だ」

「単独Sランクだけあって見る目は確かだ。――けどまあ、しゃあねえか。あんなん書かれちゃな」

レベッカの視線は、壁の落書きに注がれている。

インチキ『神造鍛冶師《しんぞうかじし》』という言葉に。

私は直感でレベッカは悪人ではないと思っているし、たぶんハルクさんもそうだけど……借り物の宝剣の欠片を渡す以上、確信が欲しい。

「つっても証拠ってのはどうすりゃいいんだ？　宝剣の実物なんざうちにはねーぞ」

「なんでもいい。たとえば、聖女候補みたいに特別な力があるとか」

「あるっちゃあるけど……あー、そんじゃその剣」

「？」

レベッカはじっとハルクさんの腰の剣を見る。

その時、不思議なことが起こった。

それまで透き通るような青色だったレベッカの瞳の色が、片方だけ琥珀《こはく》色に変わったのだ。剣を見つめるその瞳はどこか人間離れした神秘的な光を放っていた。

「……レベッカ？」

返事はない。

その姿はどこか、祈祷《きとう》を行う聖女候補に通じるものがあった。

「原材料はミスリルと属性変化鉱石《オルタナタイト》」

数秒間、ハルクさんの剣を凝視《ぎょうし》したままレベッカがぽつりと呟いた。

「それぞれレドル鉱山とガルナド山地から産出された。魔力を増幅させ、さらに各属性への変化を補助する機能がついてる。作られたのは今から五年前」

ハルクさんが息を呑んだのがわかった。

「折れたのはごく最近。すでに現存しない、高硬度のなにかを斬ろうとして破損した」

その通りだ。

ハルクさんの剣は、魔力を溜めこんだ迷宮の主、黒騎士を斬ろうとして折れた。けれどその話はレベッカにしていない。

そこまで一息に言ってからレベッカは視線を上げた。

「ってのがあたしには見えたんだが、合ってるか？」

「……驚いた。すべて当たってるよ」

ハルクさんが言うならそうなんだろう。レベッカはにやりと笑って言った。

「あたしが『神造鍛冶師《しんぞうかじし》』って証明できたか？」

私とハルクさんは思わず顔を見合わせ、どちらからともなく頷いた。

「……あの、今なにをしたんですか？『見えた』と言ってましたけど」

「だから見えたんだよ。その剣に関する情報が視界に文字で浮かび上がるって言やあいいのかな」

「文字で？」

「ああ。あたしはそれを読みあげただけ。商人どもが持ってる『叡智《えいち》の片眼鏡《モノクル》』の超強化版ってとこだ」

鉱物と装備品限定だけどなー、と笑うレベッカ。

私はハルクさんに視線を送った。ハルクさんは真顔でぶんぶんぶん、と顔を横に振っていた。

『そんな技術は聞いたことがない』と言うように。

……なるほど。

ハルクさんですらこの反応なら、レベッカの鑑定能力が凄まじいことは確かだ。

彼女が神ラスティアから特別な力を授《さず》かっている可能性もぐっと増した。

これなら信用してもいいだろう。

「疑ってすまなかった。宝剣の欠片を渡すよ」

「気にしてねーよ」

ハルクさんが教皇様から借りている宝剣の欠片をレベッカに差し出す。

「そんじゃ鑑定すっか」

再びレベッカの瞳が琥珀《こはく》色に変化する。

緊張の面持ちでそれを見守る私とハルクさん。

しばらくして、レベッカは言った。

「――作れるな。問題なく」

「本当ですかっ」

思わず立ち上がって聞き返した。そんなにあっさり！

レベッカは苦笑しながら、

「ああ。重要なのは設備とか技術とかじゃなく、『神造鍛冶師《しんぞうかじし》』としての能力らしい。……ま、そのために神サマに与えられた力なんだし当然だよな」

思いのほかあっさりと肯定されてびっくりだ。

「つ、作ってもらえますか、宝剣」

「もちろん。あんたら命の恩人だしな。そのくらいの義理は果たすぜ」

なんだかとんとん拍子に話が進んでいく。もっと面倒事になると思っていたので拍子抜けだ。

なんて思っていたけど、順調なのはここまでだった。

「――で、材料は？」

「え？」

「いや、この宝剣を作る材料だよ。うちにはねーぞ。この手の珍しい鉱石が必要な依頼は、材料持ち込みが基本だ」

「……え？」

そ、そうなんですか？

てっきりお金を払ってお願いすれば作ってもらえるのかと……。あ、あれ？

助けてください、の意図を込めてハルクさんを見る。

ハルクさんは苦笑しながら、懐から折りたたんだ紙を出してレベッカに渡した。

「なんだこりゃ。……鉱石のリストか？」

「宝剣の材料がわからなかったから、今日はひとまずなにが必要か訊きにきたんだ。時間は少しかかるけど、その中にあるものならどれでも用意できる」

紙にはびっしりと鉱石の名前が書かれていた。

なるほど、私と違ってハルクさんは『神造鍛冶師《しんぞうかじし》』に会ってすぐに宝剣ができるなんて甘い考えは持っていなかったようだ。

「ハルクさん、いつの間にそんなものを？」

「セルビアが竜に乗る訓練をしてる時。実は教皇猊下《げいか》とちょくちょく打ち合わせをしていたんだよ」

「き、気付きませんでした……」

私が知らないところでいろいろ話が進んでいたようだ。

教皇様と打ち合わせた、ということはあのリストの鉱石は教皇様が用意してくれるということなんだろう。リストにはびっしり鉱石の名前が書かれているし、あれだけあれば宝剣の材料だって含まれていると――

「こん中にゃねえな」

「えっ」

ハルクさんが驚いたように目を瞬《またた》かせた。

「も、もう一度確認してもらえるかい？　そのリスト、僕が知る限りのほとんどの鉱石を網羅《もうら》してあるはずなんだけど……」

「何回見てもねーんだよ。『イグニタイト』って鉱石が」

「……聞いたことがない名前だ」

衝撃を受けたようにハルクさんが呟く。

冒険者の依頼の中には魔物が出現する場所での採掘なんかも含まれる。冒険者最強のハルクさんともなれば、そういった依頼をよく見てきたはずだ。

そんなハルクさんでも知らないとなると――

「……もしかして、もう涸《か》れてしまった鉱石なんでしょうか」

昔は採れたけど、採りつくされて、もうなくなってしまった鉱石。

ハルクさんが知らないとなると、そんな素材である可能性が出てきた。

「あー、いや、そういうわけじゃねえな」

「なんでそんなことがわかるんですか？」

「いや、採掘できる場所もわかんだよ、あたしの能力」

「なんでもありですね……」

「……幽霊退治の時のセルビアも似たような感じだったよ」

ハルクさんがぼそりと呟く。

私の幽霊探知（？）はただの勘に過ぎないので、レベッカの能力と比べるのはおこがましいような気がするけど。

「イグニタイトがあるのは『ロニ大森林』だとさ」

「ロニ大森林……また厄介《やっかい》な場所だね」

「ハルクさん、知ってるんですか？」

「知ってるもなにも有名な場所だよ。この国の秘境の一つだ。人の住めない樹海で魔物が多い」

「魔物が多い、ですか」

ハルクさんの反応からすると、どうやら相当に危険な場所のようだ。

「ああ。それとなにより特徴的なのが、『聖大樹』があることだ」

ハルクさんはさらに言葉を続ける。

「聖大樹が生えている周辺はかなり魔力が濃くなる。結果、出現する魔物も強くなる。……鉱石を採掘するのは簡単じゃないだろうね」

そうハルクさんが説明してくれる中、私の頭の中で一つの単語が反響する。

聖大樹。

世界に数えるほどしかない、多量の魔力を発する特殊な木。

「……」

「……セルビア？」

黙り込んだ私を不思議に思ったようで、ハルクさんが尋ねてくる。

私ははっとして、すぐに首を横に振った。

「……すみません、なんでもありません。とにかく、そのロニ大森林に行けば宝剣作りに必要なものが手に入るんですね」

「その点についちゃ疑わなくていいぜ。鉱石と装備品に関して、あたしの目が嘘を吐《つ》いたことはねえ」

私の言葉にレベッカが力強く頷いた。

ハルクさんは考え込むように顎《あご》に手を当てている。

「ロニ大森林となると、ここから飛竜で行ける距離だな……それに、魔物の強さを考えると……」

しばらくそうしたあと、ハルクさんはレベッカにこんな提案をした。

「レベッカ。改めて、宝剣の作製を依頼したい。代金は言い値で払う」

「だから、さっき助けてもらったから代金はいらねーって」

「いや、続きがあるんだ。――レベッカ、僕たちと一緒にロニ大森林に行ってほしい」

「あたしが？」

首を傾げるレベッカ。

私も同じだ。イグニタイト、という鉱石を採りに行くだけなら私たちだけで行けばいいのでは？

「ロニ大森林はさっきも行ったけど魔物が強い。誰かに依頼しても簡単には採掘なんてできないだろう。幸いにも場所はここから遠くないから、僕たちが行くのが手っ取り早い。けれど僕たちにはイグニタイトがどんな見た目なのか、どこで採掘できるのかさっぱりわからない。レベッカならそのあたりもわかるんじゃない？」

ハルクさんの言葉に納得する。

つまり、ハルクさんはレベッカに道案内をしてほしいと言っているのだ。

イグニタイトは冒険者最強のハルクさんですら知らない希少鉱石。

それを手がかりもなしに探し出すのは不可能だろうからと。

「……で、さっきの言い値で払うってのはその手間賃ってわけか」

「ああ。幸いにも懐は温かいんだ」

おそらくだけど、その懐は国王様の財布のことを指している気がする。

「あー……悪い、そりゃ無理だ」

レベッカは不本意そうに頭を下げた。

「……確かに危険な場所だからね。けど、約束する。きみには怪我《けが》一つ――」

「あー、違う違う。そういう意味じゃねえ。……あたしは今、この店を空けてどっかに行くわけにゃいかねーんだよ」

ちらりと店内を見まわしてレベッカはそう言った。その意味を、私はなんとなく察することができた。

「また、お店が荒らされてしまうかもしれないからですか？」

「そういうこった。この手の嫌がらせは初めてじゃねえからな」

「……そのあたりのことも、教えてもらえませんか？　イグニタイトを採りに行くにはレベッカの力が必要です。私たちにとっても他人事ではありません」

私が尋ねると、レベッカは肩をすくめた。

「どうもこうもあるかよ。あたしにだってあの女の考えはさっぱりわからん」

「あの女……？」

私とハルクさんが揃《そろ》って首を傾げて――それと同時に。


ドガッシャァ!!　という音とともに扉が内側に吹っ飛んできた。


な、なに？　何事!?

「噂《うわさ》をすればだ。来やがったなクソ女」

憎々しげに吐き捨てるレベッカの視線の先では、破壊された入り口から数人の侵入者が現れるところだった。

「――あーら、相変わらずはしたない言葉遣いね。この年中発情期真っ盛りの露出狂女が。見てて恥ずかしいったらないわ」

侵入者たちの中央にいる人物がそんなことを言う。

女性だ。ぐるぐる巻きの金髪を頭の両横に垂らした髪型で、顔にはたっぷりと化粧が施されている。年齢は二十代後半から三十代前半くらいだろうか。

服装はギラギラ光る高級そうなドレス。手には極彩色の羽根を使った扇。

一番特徴的なのは、こう、言いにくいんだけど……

「うっせえデブ！　見てて恥ずかしいのはてめーの腹だボケ！」

「なんですってこのクソガキ！」

ああ、レベッカが思い切り言ってしまった。

そう、この女性かなりの体格を誇《ほこ》っている。無理にサイズの小さいものを着ているのか、ドレスのあちこちが悲鳴を上げているのがわかった。

侵入してきたのはその金髪の女性と、彼女を囲むように立つ数人の男たち。

なにをしにきたのかわからないけど、穏やかな雰囲気じゃない。

金髪の女性は、ふーっ、ふーっ、と興奮したような息を吐いていたけど、すぐに意地悪そうな笑みを浮かべた。

「あら、いいのかしら小娘。アタシにそんな口の利き方しちゃって。店、潰しちゃうわよ?」

レベッカは音がするほど歯を食いしばる。

店を潰す？　どういうことだろう？

「……よく言うぜ。店にこんな嫌がらせしやがってクソ女が」

「仕方ないわよぉ。アンタがインチキなのが悪いんですもの」

「――ッ、あれはてめえが仕組んだんだろうが！」

ヒートアップするレベッカと金髪の女性。私とハルクさんは完全に置いてきぼりである。

「レベッカ、落ち着いて。この人は？」

「あ、ああ」

見かねてハルクさんが割って入る。金髪の女性は胡乱《うろん》な瞳でハルクさんを見上げる。

「なによアンタ、急に割り込んできて――」

言いかけて、金髪の女性は動きを止めた。

それからぶるぶる震えて、次には、目を輝かせてハルクさんの手を取った。

「――イイ男じゃないのォオオ！　この鉄臭い街にこんな美形がいるなんてっ！」

「…………、あの」

「いつこの街に来たの？　アタシはワルド商会のアリスっていうんだけど、アンタの名前は？　ってかどこ住み？　魔晶石《ましょうせき》持ってるかしら？」

「えーっと……」

ハルクさんがすごく困った顔をしている。確かにこの反応は予想外かもしれない。

「つーかいまだに客がいるのね。こんなゴミ溜めみたいな店に――って」

金髪の女性が今度は私を見た。

反応はハルクさんとはまったくの逆。嫌悪感丸出しで表情を歪《ゆが》めている。

酷《ひど》く汚いものでも見た時のようだ。

「な、なんですか」

「……小娘。アンタこの街の人間じゃないわよね？　旅人かなんか？」

「は、はい。一応、冒険者で」

「あっそ。なら良かったわ。アンタみたいなクソ売女《ビッチ》がこの街に棲《す》みつかなくて」

「えぇっ⁉」

なんだかすごいことを言われた気がする。初対面ですよね⁉

金髪の女性は、ハッ！　と鼻を鳴らしてずんずんこちらに寄ってくる。

「うまく隠したつもり？　言っとくけど、アンタ男に媚売ってるのが丸わかりよ。おどおどしちゃってさ。清楚《せいそ》、清純、小動物的——そんな風に思われたいんでしょ？　見苦しい。ああ見苦しい」

「ご、誤解です。そんなつもりは」

「アンタみたいなクソガキ清楚売女《せいそビッチ》、この街にとっては害しかないわ。さっさと出て行きなさいな」

は、話が通じない……！

私があまりの言われように愕然《がくぜん》としていると、ハルクさんが私を庇《かば》うように割って入る。

「撤回してください。彼女は……セルビアは、決してきみの言うような人間じゃない」

「あーあ。見事に騙されちゃって。言っとくけど、男に媚売る女にロクなやついないわよ？　悪いこと言わないからアタシにしときなさいって」

距離を詰めて身を寄せようとする金髪の女性に、ハルクさんは失笑するように肩を揺らした。

「——すみません。僕は香水のきつい女性は好みじゃないんです」

「っ」

「ついでに言うと、初対面なのにべたべた触れようとする女性も好きではありませんね。常識を疑ってしまいます」

ハルクさんの言葉の切れ味がすごい。

怒っているのが伝わってきた。……自惚《うぬぼ》れでなければ、私のために。

金髪の女性はぱくぱくと口を開閉させていたけど、やがてくるりと踵《きびす》を返した。

「ふ、フン……今日はこのくらいにしといてあげるわ……！」

「振られてやんの。ざまぁ！」

「おだまりクソガキ！」

レベッカに煽《あお》られて、金髪の女性はぎりぎりと歯を食いしばる。

しばらくそうしていたけど、金髪の女性はふと嘲笑《ちょうしょう》するように口元を歪《ゆが》めた。

「……そう言ってられるのも今のうちよ。アンタはすぐにこの街にいられなくなる」

「……」

「それまでせいぜいこのボロ武器屋を守ってなさいな。このインチキ『神造鍛冶師《しんぞうかじし》』」

金髪の女性は飾ってあった鎧《よろい》を無造作に蹴《け》りつける。

ガシャンッ！　と音を立てて鎧《よろい》が床に散らばった。

「……ッ」

レベッカはそれを見ても無言のまま。その反応を見て満足したように、金髪の女性は高笑いしながら店から出ていった。

▽

「すまんっ！」

金髪の女性がいなくなったあと、レベッカが勢いよく頭を下げた。

「な、なんでレベッカが謝るんですか」

「二人はあたしの巻き添えであの女に絡まれたみたいなもんだ。悪かった」

別にレベッカは悪くないと思うけど……

ハルクさんがレベッカに尋ねた。

「結局彼女は何者なんだい？」

「……アリス・ワルド。この街を牛耳るクソ商会の主だよ」

レベッカが語ったのはこんなことだった。

メタルニアは鉱山の内部に存在する街だ。そしてその鉱山を実質的に支配しているのがワルド商会。

鉱山の採掘権はほぼワルド商会が握っており、レベッカたち鍛冶師《かじし》は商会から鉱石を買って武器作りを行っていた。――数年前までは。

「何年か前にワルド商会の主があの女に代わりやがった。それがまずかったんだ」

「どうまずかったんですか？」

「鉱石の値段を跳ね上げやがったんだよ。おかげで鍛冶師《かじし》はロクに鉱石を買えなくなった」

私はこの店に来る途中見かけた鍛冶屋《かじや》のことを思い出していた。

確かミスリルを相場より高く買わされたとかなんとか……あの取引相手がワルド商会だったんだろう。

「おかげであたしらは自分で採掘に行く羽目になったわけだ」

「あ、だからレベッカも……」

「ああ。武器作りに必要な鉄鉱石集めだ」

レベッカはバケツやツルハシを持って坑道に来ていた。それにはワルド商会による鉱石の値上げという背景があったわけだ。

ワルド商会から買えないなら、自分で採掘するしかない。

「ま、めぼしい採掘ポイントは商会に見張られてるからロクに採れやしねえけどな」

レベッカはそう言って、へっ、とやさぐれた笑みを浮かべた。

どうやら相当今の状況が頭に来ているようだ。

「どうして急に鉱石を値上げしたんでしょう？」

「そのほうが儲《もう》かるからだろ。あの女は鍛冶師《かじし》のことを搾取《さくしゅ》する相手と見てやがる」

「商会の前の会長になんとかしてもらうのは……」

「ワルド商会の前会長ってのはあの女の父親で、超親バカだ。もう何度も書状を送ってるが、あの女に説教一つしやしねえ」

うーん……

聞けば聞くほど嫌な状況だ。この街に来て最初に感じた陰鬱《いんうつ》な空気も、そのあたりが原因なのかもしれない。

「この街の状況はわかった。一旦別の質問をするよ。レベッカ、あの女性――アリスときみはどういう関係なんだい？」

「あー、あの女か」

レベッカはうんざりしたような溜め息を吐《つ》いた。

「ま、さっきの見たらわかると思うけど、あいつ頭おかしいんだよ」

「……確かに普通の方ではないような気はしますけど」

「簡単に言うと、あいつは男が好きで女が嫌いなんだ」

「あー、あぁー……」

なんだか納得してしまった。

ハルクさんには目の色を変えて迫っていたし、反対に私やレベッカには敵意むき出しで接してきた。

「ワルド商会はここら一帯の支配者みたいなもんだからな。弱みを握って脅《おど》す、金で買う……あいつの自宅にゃ大勢の男が囲われてるって話だ。ハルクも気に入られたっぽいし、気をつけとけよ」

「……肝に銘じるよ」

げんなりしたようにハルクさんが頷く。こんなに嫌そうにしているハルクさんも珍しい。

レベッカは腕を組んで続けた。

「ま、そういう女なんだよ。プライドが高いから、男の視線を独占してないと気が済まない。けど本人の外見も中身もアレだろ？　だから、あいつはこの街じゅうの女を目の敵にしてる。あたしの店に嫌がらせしてくるのもそれが原因だろうな。あたしが女で、鍛冶師《かじし》連中とよくつるんでるのが目障りってわけだ」

「そ、そんな理由で……!?」

「行ったただろ、あいつ頭おかしいって」

確かに他に女性がいなければ、この街の男性人気ナンバーワンはアリスになる。

……それはもはや独裁者の思考では？

そういう理由ならレベッカが標的になるのも仕方ない。

なにしろ同性の私から見ても美人だし、すごく話しやすいし、きっと男の人からも人気があるのだろう。アリスに嫉妬《しっと》されてもおかしくない。

「あたしは何度も言ったんだけどな。男に好かれたいならまずその肥満体型をなんとかしろって」

まあ、他にも原因はあるような気もするけど。

「インチキ『神造鍛冶師《しんぞうかじし》』というのは？」

「……嵌《は》められたんだよ」

ハルクさんの質問に、レベッカは苦虫を噛《か》み潰したような顔をして言った。

「嵌《は》められた？」

「あー、ごちゃごちゃした話になるからできるだけ簡単に言うぞ。まずあたしの店に依頼人が来た。伝説の『神造鍛冶師《しんぞうかじし》』に武器を作ってほしいっつってな。で、あたしはそれを受けた」

「わざわざ『神造鍛冶師《しんぞうかじし》』に依頼ってことは……その人も宝剣を？」

「いや、そういうわけじゃなかったな。素材も値は張ったが普通のもんだ。こう言っちゃなんだが、結構いるんだよ。『伝説の鍛冶師《かじし》が打った』って箔《はく》のついた剣を欲しがるやつ」

「なるほど」

依頼人は作った剣を他の人に自慢したかったのだろう。

レベッカが「話を戻すけど」と続ける。

「そんで作った武器を渡す日のことだ。依頼人の男はワルド商会の人間を連れてきた。『念のための鑑定役だ』っつってな。あたしは自分の作品に自信があったから、特に気にもしなかった」

わざわざワルド商会の人間を？

……なんだか嫌な予感がしてきた。

「で、渡した武器を鑑定させた途端、鑑定役のやつが騒ぎ出すわけだ。これはゴミだ、くず鉄以下のナマクラだって、ご丁寧に外まで聞こえる大声でな」

「……」

「そんで依頼人の男も依頼は取り消しだとか言い出しやがった。おかげで取引は不成立。あたしには忌々《いまいま》しい悪評だけが残ったってわけだ」

「……わぁー」

薄々予想していたけど、実際に聞くと衝撃が大きい。

「レベッカ。もしかしてその依頼人って……」

「察しがいいなハルク。ワルド商会とグルだったよ。あたしを嵌《は》めやがったあと、追いかけてとっちめてやろうとしたら、路地裏でワルド商会の職員から金を受け取ってた」

「……やっぱり」

その依頼人は、レベッカの店の評判を落とすためのアリスの手先だったのだ。

「その一件を口実に、アリスはうちの店に嫌がらせをするようになった。店の備品を壊したり、あたしの味方をした人間を街から追い出したり――この街じゃ王様みてーなもんだからやりたい放題だ」

だんだん状況が見えてきた。

アリスは最初からレベッカを嫌っていた。

けれど表立って攻撃するには『神造鍛冶師《しんぞうかじし》』の箔《はく》が邪魔だった。

箔《はく》を落とすためにニセの依頼人を使ってレベッカの評判を下げ、満を持して嫌がらせを始めた……そういうことだろう。

「それが、レベッカが僕たちと一緒に来られない理由かい？」

「ああ。店を空けてる間になにされるかわかったもんじゃねえ。ロニ大森林まで往復したら軽く十日はかかるからな」

確かに今のレベッカの立場なら、お店が心配で遠出できないというのも納得できる。

「街の誰かに留守番をしてもらうというのは？」

「そりゃ無理だ、ハルク。アリスに目をつけられてるせいで、あたしは街の連中から避けられてる。留守番なんて誰も引き受けちゃくれねえよ」

つまり、街の人に頼らずレベッカの店を十日間守らなくてはならないということだ。

ふむ。そういうことなら……

「レベッカ、こういう方法はどうでしょうか」

「ん？」

「【聖位障壁《セイクリッドバリア》】」

私は障壁魔術を五回使ってレベッカの店を覆《おお》ってみた。

初対面のシャンを閉じ込めたのと同じやり方だ。

「お、おい、セルビア、お前なにしたんだ⁉　店が変な色の壁で覆《おお》われてるぞ⁉」

「私の障壁魔術で店を囲いました。これでアリスはレベッカの店には手出しできないはずです。少なくともハンマーで殴《なぐ》ったくらいではびくともしません」

「はぁ⁉　いや、いくらなんでも無理があるだろ」

「なんだったらレベッカが試してみてください」

「……そこまで言うなら」

レベッカは壁に掛けてあった大剣を手に取り、店のドアを開け、外に広がる障壁目がけてためらいながらも振り下ろす。

ガンッ！

「――いってえ⁉」

障壁にはひび一つ入らなかった。

「ほら、結構丈夫でしょう？」

「そんな次元かよ……ま、まあ確かに頑丈ではあるけど。でも、こんなもん十日ももたせられないだろ？」

「できますよ？」

「嘘だろ⁉」

信じられないという顔のレベッカに私は慌てて付け足す。

「いえ、もちろん簡単にできるわけではないですよ？」

「そ、そうか。そうだよな。このレベルの魔術を長期間もたせようと思ったら、専用の魔道具とか魔力増幅のポーションとか、そういう特別な準備が――」

「魔術を使う際に少し気合いを入れる必要があります」

「簡単の範疇《はんちゅう》なんだよそれは！」

「レベッカ、突っ込むだけ無駄だよ。セルビアに常識は通じないからね」

ハルクさんにだけはそんなことを言われたくない。

「とにかく、【聖位障壁《セイクリッドバリア》】があればレベッカは安心して店を空けられると思います。どうか私たちについてきていただけませんか？」

私が聞くと、レベッカは力なく笑った。

「……まあ、店が安全ならあたしに異論はねえよ。それにもともと宝剣を作ることには賛成だったんだ。宝剣があれば、アリスのやつもあたしをインチキ呼ばわりはできねえだろうしな」

レベッカはそう言って同行を了承してくれた。

それからレベッカは納得いかないというように腕を組む。

「しかし、こうなると差し引きが合わねえな」

「宝剣の作成ならお代はきちんと払いますよ？」

「逆だ、逆。こっちがもらい過ぎなんだよ。宝剣作りの手間は、あたしの評判が元通りになるかもってことでチャラだろ？　となると洞窟《どうくつ》で助けてもらった借りが残っちまう」

「別に気にしなくていいですけど」

「うん。宝剣を作ってくれるならそれで」

「あたしは気になるんだよ。なんかねえもんかな……」

最初にも思ったけど、レベッカは大雑把《おおざっぱ》に見えて実は律儀な性格みたいだ。

やがてレベッカはハルクさんの腰元を指さしてこう言った。

「そんじゃ、こういうのはどうだ？　ハルクの折れた剣、あたしが打ち直してやるよ。今のままだと魔物と戦うのに不便だろ」

その言葉にハルクさんは微妙な顔をする。

「……いや、この剣は――」

「まあ最後まで聞けよ。別にその剣捨てろってわけじゃねえ。打ち直すって言ってんだ。その剣を一旦溶かして、別の鉱石と混ぜて新しい剣を打つ。それなら剣の質はほとんど変わらねえはずだ」

剣を溶かして混ぜる。

つまり、今の剣を新しい剣の材料にするということだ。

確かにそれなら、ハルクさんは剣を捨てることなく新しい剣を手に入れることができる。

「そんなことができるんですか？」

「おいおい、あたしは神サマお墨つきの『神造鍛冶師《しんぞうかじし》』だぜ？　元の剣と変わらねえ使い心地に仕上げてみせるさ」

「……」

ハルクさんは少し考えるように視線を落とす。

レベッカは静かにこう告げた。

「その剣がハルクにとってどんだけ大事なもんかは知らねえ。けど、折れた剣なんて使い続けてたら死んじまうぞ」

「それは……」

「実際、剣を折られるようなきわどい戦いがあったんだろ？　いざって時に後悔しないよう、武器くらいは万全にしとくべきだと思うけどな」

ハルクさんはさらに数秒悩んでから、苦笑した。

「……レベッカの言う通りだね。わかった、お願いするよ」

「よしきた。今日中に完成させてやらあ」

ハルクさんから剣を受け取り、レベッカは勝ち気な笑みを浮かべるのだった。

▽

レベッカが剣を打ち直している間、私とハルクさんは街を見てまわることにした。

「改めて見ると、本当に不思議な街並みですね……！」

あちこちから響く槌《つち》の音。煙と金属の混ざったような独特の匂い。はるか頭上に張り巡らされた巨大なパイプを壁面に配置された光る苔《こけ》が照らしている。

これだけユニークな街なんだから、きっと他の場所では見られないものがたくさんあるに違いない。

心を浮き立たせる私に苦笑しながら、ハルクさんが口を開く。

「さて、最初はどこに行こうか」

「レベッカは商業区なら賑《にぎ》わっていると言っていましたね」

メタルニアは大きく分けて三つの区画で構成される。

北の工業区、中央の商業区、南の居住区。

なぜこの並びなのかと聞いたら、工業区……鍛冶師《かじし》たちの工房があるエリアは日夜槌《つち》の音が響くせいで、居住区と隣接させると睡眠不足が多発するそうだ。

間に商業区を挟めば工業区からは製品の搬入がしやすく、居住区からは客が通いやすいといいことずくめなんだとか。

ちなみにシャンたちを預けてある宿屋は居住区のそばにある。

ひとまず商業区に向かって移動していると、ガタゴトという音が響いてくる。

「あっ、ハルクさん見てください、あれ！」

視線を向けると建物の隙間から、見たことのない箱型の乗り物が移動しているのが見えた。

「トロッコか。線路が街の北側を通ってるところを見るに、採掘した鉱石を工業区に運ぶためのものみたいだね」

「……なんとかして乗せてもらえないでしょうか」

「トロッコを操作している人は仕事中だろうし、難しいんじゃないかな」

「むう……」

初めて見る乗り物だから体験してみたかったけど、街の人の仕事の邪魔をするわけにはいかない。仕方ない、遠目に見るだけで我慢するとしよう。

商業区にやってきた。

人通りが明らかに増えて、あちこちから呼び込みの声が上がっている。レベッカの言う通り、このあたりは活気があるようだ。

メインストリート沿いには見栄えのする工芸品や食器類などを並べている店もあるけど、一番多いのは武器や防具の店だ。このラインナップの偏り具合はさすが鍛冶師《かじし》の街。

中には食べものを売っている屋台もあったので、ハルクさんと一緒に買ってみる。

その名も『もぐら豚饅頭《まんじゅう》』。

メタルニア付近が名産の珍しい豚の肉を使った名物料理だ。ふわふわとした蒸しパンの中に甘辛く煮込んだ豚肉の塊《かたまり》が入っているというもので、かなり美味《おい》しい。

「はふっ……美味《おい》しいですね、これ！」

「本当だね。あ、セルビア、ほっぺにソースがついてるよ」

「え、どこですか」

夢中で食べていたせいで口元が汚れてしまったようだ。慌てて指で拭うけど、取れている感じがしない。

「そっちじゃなくて……ちょっとごめん」

「わあ」

「はい、取れた」

ハルクさんは私の頬に手を添えると、親指でついていたソースをぬぐう。それからごく自然な動作で、ぺろ、とそれを舐《な》めとってしまう。

この仕草……教会に置いてあった恋愛小説で読んだことある！

「……ハルクさんは天然でそういうことをしますね」

「え？　な、なに？　僕なにか変なことした？」

「きっと今までも無意識に女性を落としていたんでしょうね……」

「ちょっと待ってセルビア。なにか変な認識を持ってない？」

どうやら完全に無自覚だったようで、ハルクさんは目を瞬《また》かせていた。


さて、商業区の真ん中あたりにある広場に行くと、なにやら催しをやっているようだった。

『腕自慢募集、試し斬りトーナメント』……？」

広場の真ん中では鎧《よろい》や剣を身につけた人たちが戦いを演じている。周囲には観客もいて、戦う二人を見て歓声を上げている。

「どういうイベントなんでしょう？」

「さあ……？　試し斬りっていうからには、武器に関係してるんだろうけど」

私たち二人で首を傾げていると、観客の中から一人の男性がこちらに歩いてくる。

「やあやあお二人さん、旅人かい？　このイベントは初めて？」

私たちが頷くと、この街の住人らしい男性はイベントの説明をしてくれる。

「ほら、この街は鍛冶師《かじし》が多いだろう？　で、鍛冶師《かじし》ってのはみんな自分の作品が一番だと思い込んでる連中だ。そんな連中が自分の武器こそがナンバーワンだと証明するために、腕自慢を集めて自分の作品を使って戦わせ、その出来をアピールしてるのさ」

ハルクさんがなるほどと頷いた。

「実戦形式で、武器の完成度を競っているわけですね」

「そういうことだ」

あくまで主役は武器で、使っている人はおまけ。なんというか、鍛冶師《かじし》の街らしい催しだ。

「アピールっていうのは？」

「いい質問だ、嬢ちゃん。観客の中には、この街に来たばかりの冒険者や、兵士の装備を発注したい王宮勤めなんかもいる。鍛冶師《かじし》たちは、イベントで人を集めて武器の性能を見せつけることで、そういった顧客を奪い合ってんのさ」

なるほど。いろいろな狙いがあるんだなあ。

男性はハルクさんを見やる。

「お前さん、見たところ冒険者だろ？　せっかくなら参加してみなよ。飛び入り参加もＯＫだし、優勝した使い手には賞品も出るぜ。……っていうか今回は参加者が少なくて困ってたんだ。やるよな？　な？」

「いや、僕は」

「おーい、飛び入り参加だ！　誰か武器持ってきてくれ！」

ああ、ハルクさんが連れていかれてしまった。

あっという間に、どこかの鍛冶師《かじし》が作ったサーベルをあてがわれ、広場の中央に立たされるハルクさん。ものすごく困った顔でこっちを見ている。

「セルビア！　なにか言ってやってよ！　僕はこういう催しはあんまり」

「頑張ってくださいね、ハルクさん！」

「セルビア!?」

優勝者には賞品が出るようだ。ハルクさんには申し訳ないけど、正直ちょっと気になる。

「ヒヒッ、どんな相手かと思ったらよぉ〜ッ、とんだ優男じゃねえか！　俺様も甘く見られたもんだなァ〜！」

対戦相手も冒険者のようで、武器のナイフを器用にくるくる回している。

「あ、あいつは……！　『悪魔のクザン』！」

「今まですべての対戦で相手を血まみれにし、気絶した相手を踏みつけて高笑いするという……これはルーキーには厳しいカードになったみたいだな」

近くの観客たちがそんなやり取りをしている。

この人たちはどうしてそんなにノリノリなんだろう。よく見たら手には酒瓶が握られていて、近くには硬貨が詰《つ》まれた台がある。どうやらこのイベントは賭けごとの対象になっているようだ。

「覚悟しやがれぇえええええ！」

ナイフを構えて突進する男性。

ハルクさんは無言でサーベルを構えて——接触の寸前にその手がかすんだ。

ゴガッ！

「へぶっ!?」

「「なにぃいいいいいいいいっ!?」」

面白いように吹っ飛んでいく対戦相手の男性。

「あっ……」

やった本人は条件反射で動いただけのようで、気まずそうな声を上げた。

「ば、馬鹿な！　あのクザンが一撃だって!?　しかもみねうちなんて余裕たっぷりじゃねえか！」

「何者なんだ、あの男は！」

ハルクさんの瞬殺劇に沸き立つ周囲。すごい盛り上がりだ。

その後もハルクさんは連勝を重ねて、あっさりと優勝したのだった。


「お、重い……」

私は一抱えもある包みを持ってよろよろと移動していた。

これがなにかというと、もぐら豚の肉の塊《かたまり》である。

広場でやっていたトーナメントの優勝賞品は、ある鍛冶師《かじし》が作った大剣だった。けれど優勝者のハルクさんは、レベッカが直してくれている剣があるのでこれを辞退。

というわけで代わりに渡されたのが、副賞のこの大きな肉というわけだ。

宿屋に持っていけば美味《おい》しく調理してもらえるはず。

ついでに暇しているであろうシャンとタックへのお土産にもなる。

え？　ハルクさん？

ハルクさんは、そのあまりの強さに鍛冶師《かじし》たちが「俺の武器も試してくれ！」「いいや俺のが先だ！」と集まってきてしまったので広場に残っている。作品を我が子のように愛する鍛冶師《かじし》には、ハルクさんほどの使い手は素晴らしく魅力的に映るようだ。

そんな経緯で、私は一人で商業区を出て宿に向かっている。

宿屋に到着し、まずは女将《おかみ》さんに肉を半分渡す。

残り半分を抱えて厩舎《きゅうしゃ》に行く。もぐら肉饅頭《まんじゅう》はとても美味《おい》しかったし、シャンたちもきっと気に入ってくれるだろう。あの二体は肉が大好物でもあることだし。

「二人は元気にしているでしょうか」

私がシャンたちのいる区画に差しかかると――

『グルルォオオオオオオオオオオオオオオ！』

「おーっと落ち着きたまえよ飛竜くん！　馬小屋とはいえぼくと君たちはお隣さんだ。是非とも仲良くしようじゃないか！　だから噛《か》みつこうとするのはよしてくれ！」

いきり立ったシャンが馬小屋の隣のスペースに立っている青年に襲いかかっているところだった。

な、なんですかこの状況は！

「しゃ、シャン！　いけません！　人を襲ってはいけないといつも言っているでしょう！」

慌てて割って入ってシャンを止める。

シャンは私の姿を見て冷静さを取り戻したのか、すぐに落ち着いてくれた。

『グルル……』

「よしよし。いい子ですね、シャン」

シャンの興奮状態が治まったので、私は背後の青年を振り返る。

「すみません、うちの飛竜がご迷惑をおかけしてしまって……お怪我《けが》はありませんか？」

青年は朗らかに笑って手を横に振った。

「いやいやご心配なく。怪我《けが》なんてしていないとも」

「それなら良かったです」

青年の返事にほっと胸を撫でおろす。

それにしても不思議だ。最近のシャンはすっかり落ち着いてきて、いきなり人を襲うなんてことはなくなっていたはずなのに。

「本当にお気になさらず。ぼくも飛竜が珍しいからって、いきなり撫でたり翼を触ったりしてしまったからね」

「なんて命知らずなことを……」

プライドの高い飛竜にいきなり触れるだなんて自殺行為にもほどがある。この青年は命が惜しくないんだろうか。

改めて青年の外見を見てみる。

細身な体型だけど姿勢がいいせいか華奢《きゃしゃ》には見えない。あちこち跳ねた茶髪には愛嬌がある。気さくな雰囲気と合わせて、なんだか人懐《ひとなつ》こい犬を思わせる人物だった。

そんな青年が朗らかな笑みを向けてくる。

「あっはっは。ともかく助けてくれてありがとう。ぼくはフランツというんだ。可憐な竜使いのお嬢さん、君のお名前は？」

「セルビアです」

「セルビアか！　いい名前だ。よろしく頼むよ」

謎《なぞ》の青年……ではなくフランツさんは、握手を求めるように手を差し出してくる。

――馬小屋の柵《さく》の向こうから。

「……あの、どうしてあなたはこんなところに？」

今さらだけど、これはどういう状況なんだろう。

普通、馬を入れるスペースに世話以外の目的で人間が入ったりしないはずなのに。

「ああ、ぼくはここに泊まるんだよ」

「え？　この馬小屋にですか……？」

「そうとも。実はこのメタルニアに来るまでに路銀をすべて使い切ってしまってね。皿洗いでもなんでもするからと女将《おかみ》さんに泣きついたら、馬小屋なら貸してやるって言われて」

「そうだったんですか……」

当然ながらこの場所は馬小屋なだけあってあまり清潔とは言えない。

藁《わら》を束ねても寝心地は悪いだろうし、虫や臭いだって気になるだろう。

こんな場所で寝泊まりするなんてさぞ大変で――

「なんだか秘密基地みたいでわくわくするよね！」

「あ、特に苦にはしてないんですね」

なんて前向きな人なんだろう。

フランツさんがこんな場所にいる理由が判明したところで、当初の目的であったお土産をシャンたちに渡しておく。

「シャン、タック。お土産のお肉です。ちゃんと二人で分けて食べるんですよ」

『『ぐるるぅ！』』

用意してきたもぐら豚の肉をがつがつと食べはじめる二体。喜んでもらえたようでなによりだ。

きゅるるるるるるるる。

「……フランツさん？」

「いやあ、実は今日まだなにも食べていなくてね」

「えっ。……ちょっと待ってください」

私はポケットを探り、取り出したものをフランツさんに差し出す。

「？」

「良かったら食べてください。こんなものしかないんですが」

渡したのは、おやつ用にと持ち歩いていた袋入りのビスケットだ。何枚か食べてしまったけど、残念ながらこれ以外にあげられるものがない。

フランツさんは子供のように目を輝かせた。

「いいのかい？　ああ、君はなんて優しいんだ！　こんなに美しい心を持っているなんて、君が聖女様だと言ってもぼくは信じるよ！」

「あはは」

その発言は洒落《しゃれ》にならない。

「そうだ、親切ついでに一つ教えてくれないか、セルビア」

ビスケットを食べながら、フランツさんが私に尋ねる。

「なんですか？」

「この街には大きな商会があるそうだね。ちょっと覗いてみようと思ってるんだけど、どこにあるか知ってるかい？」

「……知っているには知っていますけど」

おそらくフランツさんが言っているのはワルド商会のことだろう。レベッカいわく、商業区に本部が、工業区には工場があるとのこと。

「それは良かった！　どこにあるんだい？」

「フランツさん。場所を教えるのは構わないんですが――」

「うんうん」

「――なにかあったら必ず逃げると約束してください」

「え？　どうしてセルビアは死地に向かう兵士を見るような顔をしているんだい？」

フランツさんはかなり整った顔立ちをしている。

アリスと遭遇すれば熱烈《ねつれつ》なアプローチを受けることは想像に難くない。何事もなく戻ってこられるかは怪しいところだ。

「と、とにかくありがとう。あとで行ってみるよ」

「はい。……どうか、お気をつけて」

私はフランツさんの無事を祈りつつ、馬小屋をあとにした。

▽

「クザンが負けたですって⁉」

「は、はい。なんでも飛び入りの冒険者が冗談のように強かったらしく……」

アリス・ワルドの甲高い声に、報告をした部下が肩を縮こまらせる。

場所はアリスの私室だ。部屋の中には首輪をつけた美男子が何人もいる。彼らは非合法な手段を用いてかき集められた、アリス自慢の『コレクション』だ。彼らにはそれぞれアリスに酒を注いだり、機嫌が悪い時にサンドバッグになったりといった役割が与えられている。

「それじゃあ、クザンに使わせていたうちのブランドの武器は……」

「飛び入り冒険者のほうに注目が集まってしまい、かすんでしまったかと……」

「なんですってえええ！」

ドゴッ！

「げふっ……」

侍《はべ》らせていた青年の一人にアリスが拳《こぶし》を振り下ろし、殴《なぐ》られた青年は苦しそうな声を漏らす。

アリスたちが話しているのは、広場で行われる武器の試し斬りイベントのこと。

あのイベントには外部からの大口の客が視察に来ることもある。そういった顧客を逃さないため、商会の傘下にある鍛治師《かじし》にも武器を提供させていた。

しかも『悪魔のクザン』と称される凄腕の冒険者まで雇っていたのに、負かされるとは想定外だった。

「せっかくっ！　うちのッ！　ブランドの武器を外の人間にアピールするチャンスだったのにぃ！　全部台無しじゃないのぉおお！」

「う……あぐ……ッ！」

何度も殴《なぐ》り続けられるが、青年が抵抗することはない。

彼らは一人一人、アリスに弱みを握られているのだ。

たとえば病気の妹を治す薬をもらっていたり。

たとえば借金を肩代わりしてもらっていたり。

そういった事情により彼らはアリスに逆らうことを許されていないのである。

「はあっ、はあっ、はあっ……」

「うう……」

美しい青年を殴《なぐ》り続けてストレスを解消したアリスは、部下にこう指示を出す。

「クザンはもういらないわ。報酬《ほうしゅう》も払わなくていい。逆らったら荒事専門の連中を使って半殺しにしときなさい」

「わ、わかりました」

指示を受けた部下が頷く。

「それともう一つご報告が。エドワルト伯の手の者が、近々また武器の引き取りに来るそうです。くれぐれもバレないよう準備しておくように、と」

それを聞いてアリスは小馬鹿にしたように笑った。

「エドワルト伯ってことは……はいはい、例のやつね。アンタあの計画の中身聞いた？　四大領主なんて言われてるくせに笑っちゃうわよね」

「……一線を越えているとは思います」

「ま、どんな相手でも金さえ払うなら問題ないわ。割符は第四倉庫の奥にあるから、商会の中から信用できるやつをピックアップして取引の日取りを伝えときなさい」

「かしこまりました」

そう言って部下は退室した。

「さーて、今日はいろいろムカつくことがあったし……ストレス発散しないとねぇ」

「「……」」

アリスは自分と集めた美青年だけになった部屋を眺めまわすと――ぐふぐふと笑いながら、享楽にふけるのだった。

第五章　聖大樹の森へ

「――というわけで、今からロニ大森林に出発しようと思う。二人とも準備はいい？」

「はい」

「ったりめーよ」

メタルニアに来た翌日、私たちはロニ大森林に出発しようとしていた。

宿の厩舎《きゅうしゃ》に向かいながらレベッカが訊いてきた。

「竜で行くんだったよな」

「ロニ大森林までは距離があるからね。レベッカはセルビアの後ろに乗る？」

「ハルクの後ろなんか乗ったら前見えねーだろ。でかいんだよお前」

レベッカも女性としては背が高いけど、ハルクさんはそこからさらに頭一つぶん上背がある。

「それもそうだね。じゃあ、レベッカはセルビアに任せるよ」

「はい」

そんなやり取りをしているうちに厩舎《きゅうしゃ》に到着した。

シャンたちのいるスペースに行き、二体の竜に鱗帯《りんたい》だの手綱《たづな》だのをつけて騎乗の準備を整えていく。

ちなみに昨日フランツさんがいたスペースは空になっていた。

……出かけてる、のかな？

うっかりアリスに捕まって大変な目に遭っている、なんてことじゃないといいけど。

『ぐるるるるっ』

「シャン、今日もお願いしますね」

そんなことを考えながら準備を整えシャンにまたがる。レベッカは私の後ろ、ハルクさんはもう一体のタックが運んでくれる。

「それじゃあ行こうか」

「「おーっ！」」

ハルクさんを先頭に、私たちはロニ大森林へと出発した。


「ここがロニ大森林、ですか」

「……」

「……」

「……広すぎじゃね？」

レベッカの言葉に思わず頷く私とハルクさん。

飛竜に乗って移動すること数日。

私たちの眼前に広がるのは巨大な樹木が並ぶ原生林。木々の一本一本が人間の胴体の何倍もの太さであり、高さは地上からでは最上部が見えないほどだ。はるか頭上から差す陽光が鬱蒼とした森の中を幻想的に照らしている。

「話には聞いていたけど本当に広いね」

「本当に見つかるんでしょうか、これ」

ハルクさんに言われ、私も首を傾げてしまう。来たはいいけど、この中から鉱石を探すってとんでもない難題なんじゃあ……？

「まあ任せとけって。『イグニタイト』のある方向はなんとなくわかるから」

「頼りにしてますよ、レベッカ」

「おう。大船に乗ったつもりでいな」

余裕とばかりに胸を叩いて請け負うレベッカ。頼もしい。

「いつまでもここにいても仕方ない。行こう」

ハルクさんに従い、私たちは森の中へと入っていく。

ところでこのロニ大森林には強力な魔物が多数出現する。

たとえば、『鎧大蛇《メイルサーペント》』。

体長二十Mを誇る大蛇であり、特筆すべきはその防御力。魔力を帯びていない攻撃では一切傷つけられないことから、『剣士殺し』の異名を持つ。

たとえば、『軍隊蜂《アーミーワスプ》』。

五十体前後の群れをなす殺人蜂で、物量に加えて『魔術師《メイジ》』型と『戦士《ウォリアー》』型の二種が精密な連携をとることで知られている。

たとえば、『火熊《フレイムベア》』。

熱線を発射する熊型の魔物で、興奮すると森一つを消失させるほどの炎を吐き出す。山火事の多くがこの火熊の仕業とされている。

……などなど。

こんなのはまだまだ序の口だ。この森に来る前私はメタルニアの冒険者ギルドで出現する魔物の情報を確認してきたけど、その平均ランクはなんとA。つまり棲息している魔物のほとんどがAランク冒険者、あるいはパーティでようやく勝てるくらいの魔物ということになる。かつてある国の王族が、この森でしか採れない貴重な薬草を求めて百人以上の軍隊を率いてやってきて、見事に全滅したという記録が残っている。世界的に見ても屈指《くっし》の魔境。それがここ、ロニ大森林だ。

私たちは現在、そんな魔境ロニ大森林にいるわけだけど――

「――身体強化【剛力】【見切り】、武器強化【風刃付与】」

『『グギャアアアアアアアアアアアアアアアアアアアアアアッ!?』』

目の前で大きな蛇と大量の蜂と火を噴く熊が瞬殺されていく。

魔物に襲われはするんだけど、ハルクさんが強すぎて全然危機感が持てない。

魔境とはなんだったのか。

「大丈夫ですよタック。ハルクさんは味方に襲いかかったりしませんからね」

「なんでこの竜はハルクを見て怯《おび》えてんだよ……」

『……ぐるるるぅ』

無双中のハルクさんからしきりに距離を取ろうとするタックに、レベッカが呆《あき》れた声を出す。

ちなみにシャンは無反応でのびをしている。きょうだいでも違いが出るなあ。

そうこうしていると、魔物たちを全滅させたハルクさんが戻ってきた。

「ふう。やっぱり魔物の数が多いね」

「お疲れ様です、ハルクさん。怪我《けが》はありませんか?」

「大丈夫。かすり傷一つ負ってないよ」

ですよね。

「なかなかいい使いっぷりじゃねえか! どうだよ、あたしの打った新しい剣は!」

「ああ、文句のつけどころがないよ。……正直侮ってたなあ」

上機嫌なレベッカの言葉に、ハルクさんは苦笑を浮かべる。

ハルクさんの愛剣は、折れる前と同じくらいの長さになっている。レベッカいわく完璧に元通りではないらしいけど、ハルクさんが違和感を覚えないくらいの復元精度のはずとのこと。さすが『神造鍛冶師《しんぞうかじし》』だ。

ハルクさんの剣が元に戻ったこともあり、いよいよロニ大森林の魔物たちも恐れる必要がなくなってしまった。

「……にしても、本当に魔物が多いな。いちいち邪魔されて鉱石探しどころじゃねえぞ」

歩きながらレベッカがそんなことをぼやく。

「仕方ないよ。ここには聖大樹があるんだから、必然的に魔物は活発になる」

「あー……聖大樹ってのは魔力をばら撒《ま》く木なんだっけか。迷惑な話だよなあ」

「……」

聖大樹。

どうやらこのロニ大森林の中心部には、そういう特別な木があるらしい。

魔力を発する性質があるこの木は大地を豊かにし、その一方で魔物たちを活性化させもする――らしい。

「セルビア、どうかした？」

「あ、いえ。そういうわけじゃ」

「前にロニ大森林の話をした時にもそんな反応をしてたよね。もしかして聖大樹になにか思い入れでもあるのかい？」

口を閉ざした私を気遣ってか、ハルクさんがそんなことを尋ねてくる。

私は空中を睨《にら》んであやふやな記憶を探る。

「あまり詳しくは覚えてないんですけど……私が昔住んでいた場所のそばに、そういう木が生えていたような気がするんです」

「昔っていうと、教会に行く前？」

「はい」

聖大樹という単語には聞き覚えがある。教会のあった王都の近くにはなかったはずなので、たぶん聞いたのはそれ以前だろう。

「それじゃあ、セルビアの地元はこの森みたいなヤバい場所の近くだったってことか？　大変だなそりゃ」

「うーん……どうだったんでしょう？」

レベッカは同情するように言うけど、私は首を傾げた。

私が教会に来る前、というと私がかなり幼かった頃のことだ。正直、あまり詳しいことは覚えていない。魔物が多い場所なら立ち入り禁止になっていただろうし、入ったことがあるとも思えないけど……

「……」

……いや。

いや、違う。

確か、なにかの理由で一度だけ聖大樹の森に入ったことがあったような――

「？　どうかしたか、セルビア」

「……いえ。すみません、変なことを言い出して」

怪訝《けげん》そうなレベッカの問いに、私は首を横に振った。

ハルクさんがいるとはいえ、ここは危険地帯のど真ん中なのだ。しかも魔力を放出するという聖大樹の性質上、森の中心に進むほど魔物は強くなっていく。考え事に集中している余裕はない。

ハルクさんがレベッカに尋ねる。

「それでレベッカ、まだ進むのかい？」

「ああ。つーかこの感じだと、森の真ん中らへんにある気がするな」

「よりにもよって聖大樹のそばか。厄介《やっかい》だなあ」

「どの口で厄介《やっかい》とか言ってんだよ……」

『ぐるるう』

呆《あき》れ声《ごえ》のレベッカに同意するようにタックが鳴いた。


ロニ大森林の探索は順調に進んでいた。

このままいけばすぐに宝剣を作るための鉱石、『イグニタイト』を発見することができるだろう。

……そんなことを考えていた時期が私にもありました。

がさり、という音が頭上から聞こえた。

「え？」

ハルクさんが弾かれたように上を見る。

その瞬間、ハルクさんは滅多《めった》に見せることのない焦った表情を浮かべた。

ああハルクさんでもこんな顔をすることがあるんだなあ――なんて思った直後。


「死ね、只人《ただびと》ども」


上方から複数の影が降ってきた。

「「――っ⁉」」

「二人ともごめんっ！」

『……』

『ギャンッ⁉』

まったく予想していなかった真上からの襲撃。

私たちの中で動けたのは、ハルクさんとシャンだけだった。

硬直した私とレベッカはハルクさんの両脇に抱えられ、タックはシャンが横ざまに払った尾に撥《は》ね飛ばされてその場を抜け出す。

私たちが間一髪で離脱したその場所に――ドスドスドスッ！　と十本近くの槍が突き刺さった。

「……避けたか。貧弱な只人《ただびと》にしては勘がいい」

「「……」」

砂煙が上がり、その奥には複数の人影が見える。

襲われた？　何者だろうか。襲撃者たちは人間の言葉を使っているので魔物じゃないとは思うけど……リッチや迷宮の黒騎士なんかは魔物でも会話が成立した。まだ断定はできない。

数はおそらく十人前後。

なにより気になるのは、彼らがここまで接近できたという事実だ。

私たちは今まで、ハルクさんの【生体感知】によって近づいた魔物を先に捕捉できていた。しかし今回に限ってはそれが失敗している。

異常事態もいいところだ。

「行け、お前たち。敵は少ない。回り込んで潰せ」

「「はっ！」」

って、まずい！　追撃される！

「【上位障壁《ハイバリア》】！」

「うぐっ」

「ぐぁっ!?」

私が咄嗟《とっさ》に張った障壁魔術が敵の追撃を防ぐ。

「ごめんセルビア、助かったよ」

「いえ……ハルクさんは両手が塞《ふさ》がってますし」

私とレベッカを抱えて動いたので、ハルクさんは剣を振れる状態じゃなかった。

これでフォローもできなかったらパーティメンバーとして立つ瀬がない。

「見えない障壁の魔術か。こざかしいな」

襲撃者の首領らしい人物が吐き捨てる。

私とレベッカをその場に下ろし、ハルクさんが襲撃者たちを見据える。

「きみたちは何者だい？　どうして僕たちを襲う？」

「それはこちらの台詞《せりふ》だ、只人《ただびと》ども。王国人が我ら『狼人族《ろうじんぞく》』の土地になんの用だ!?」

……狼人族《ろうじんぞく》？

耳慣れない単語に、改めて私は前方の襲撃者たちを見やった。

十数人の襲撃者たちは、ほとんどが男性だけど女性も混ざっている。獣の毛皮を加工した簡素な衣服の上からでも、鍛えられた体つきであることがわかる。

狩猟民族、という単語が脳裏をよぎった。

けれどなにより特徴的なのは――その頭部にぴんと立つ獣の耳と、腰下から伸びる尾。

「なあ、セルビア。あたしの気のせいじゃなけりゃあの連中、動物みてーな耳と尻尾がくっついてねえか」

「……私にもそう見えます」

襲撃者たちを観察しながらレベッカと囁き合う。

確かに彼らには動物の狼のような部位があるような……？

「狼人族《ろうじんぞく》、か。聞いたことがないね」

「……フン、歴史から抹消したか。ずるがしこい只人《ただびと》のやりそうなことだ」

忌々《いまいま》しそうな狼人族《ろうじんぞく》の首領の言葉を聞き流し、ハルクさんは冷静に告げる。

「僕は冒険者のハルクだ。こっちは仲間のセルビアとレベッカ。この森にはある鉱石を探しにきた」

「鉱石だと？」

「イグニタイト、というらしいね。きみたちはなにか知らないかな」

すごい。襲われたばかりなのに、ハルクさんは平然と情報収集を始めた。単身Sランクという高みに立つハルクさんにとっては、この程度はピンチでもなんでもないんだろうか。

「知らん。知っていたところで教えるつもりはない。……それより随分余裕だな、只人《ただびと》の男よ。どうして貴様はここを切り抜けられたあとの話をしているのだ？」

狼人族《ろうじんぞく》の首領が瞳孔を開き、殺気を撒《ま》き散《ち》らす。

離れた場所にいる私の肌が粟立《あわだ》つほどの凶悪な敵意。

首領だけではなく他の狼人族《ろうじんぞく》たちも同様で、私たちを逃がすまいという強い意志が伝わってきた。

私は慌てて仲裁《ちゅうさい》に入る。

「ま、待ってください！　私たちはあなたたちと戦うつもりは――」

「あ？　上等だよ犬っころども。武器の試し斬りの的にしてやるぜ」

『フシューッ……』

「なんでレベッカとシャンはやる気なんですか!?　二人とも落ち着いてください！」

狼人族《ろうじんぞく》たちの敵意に当てられてレベッカとシャンも好戦的な態度を取っている。

タックを見習ってほしい。彼なんて、さっきからずっと一番後ろで自分が的にならないように目を逸らし続けているというのに。

私たちがそんなやり取りをしている間、狼人族《ろうじんぞく》たちは戦意をどんどん募らせていく。

「覚悟しろ、卑劣な只人《ただびと》どもよ！　かつて惨めに追い立てられた時とは違う！　我らはこの森で生き抜くことで強くなった！」

「「ウォオオオオオオオオッ！」」

「貴様らなどたやすく捻《ひね》り潰してくれる！　生きて帰れると思うなよ！」

「「ウォオオオオオオオオオオオオオオオオオオオオオッ!!」」

……ところでそろそろ気になってくるんだけど、『只人《ただびと》』って一体なんのことだろう？　たぶん私たちのことを指しているんだろうけど、聞いたことのない単語だ。

初対面のはずなのにいきなり酷《ひど》く敵視されているし、どうにも状況がつかめない。

「まずはこの邪魔な壁を排除する――【獣化】！」

狼人族《ろうじんぞく》の首領が大声で吠えると、その全身に変化が起きた。

頭髪が伸びて毛皮のようになり、人間と変わらなかった頭部が完全に狼のものに変わる。手足には鋭《するど》い爪が生え、背丈は一気に二Mほどに伸びた。

一言で表すなら、『二足歩行の狼』。

「……なるほど、狼人族《ろうじんぞく》か」

ハルクさんが納得したように呟いた。

「この姿になった以上は貴様らの勝ち目は消えたぞ。【獣化】状態の我らの身体能力は、通常時の数倍に跳ね上がるのだからな！」

狼人族《ろうじんぞく》の首領が目の前の障壁に腕を叩きつける。

ぱりん、と音がして私が張った【上位障壁《ハイバリア》】が破壊された。

爪を一振りしただけで、さっきまで彼らを足止めしていた障壁はあっさり突破されてしまった。

目をぎらつかせて狼人族《ろうじんぞく》たちが突撃してくる。

「くたばれ只人《ただびと》どもぉおおおお――――ッ！」

「セルビア、お願い」

「了解です。【聖位障壁《セイクリッドバリア》】」

「「「ぐぉおっ!?」」」

突撃しようとしてきた狼人族《ろうじんぞく》たちは、【上位障壁《ハイバリア》】よりもさらに頑強な障壁に阻《はば》まれて鼻をひしゃげさせた。

自分でやっておいてなんだけど、すごく痛そうだ。

「そこの女ァアアアアア！　何度この壁を張るつもりだ！　正々堂々と戦わんか！」

「そんなことを言われても……」

変身した姿のままドンドンと障壁を叩く首領。

彼らがどうして私たちを襲うのかはわからないけど、私たちには戦う理由がまったくない。向こうの攻撃を妨害するのは当然といえるだろう。

「とりあえず話をしませんか？　穏便に済ませましょう」

「ふざけるな小娘！　王国人と話などできるか！」

「好きな食べ物はありますか？　ちなみに私はこの前食べたもぐら豚のお饅頭《まんじゅう》が忘れられなくて」

「黙れ、友好を深めようとするな！　不愉快《ふゆかい》だ！」

駄目だ。歩み寄りの姿勢を見せてみるけど、いきり立つ首領はこちらの話を聞こうとしない。

「これは実力行使しかないかなあ……」

「できればイグニタイトの情報を聞き出したかったんですが……」

残念ながら彼らから情報を得ることは難しそうだ。

「そんなに気を落とすなよ、ハルク、セルビア」

レベッカが私たちを慰《なぐさ》めるように、ぽんと肩に手を置いた。

「レベッカ……」

「あいつらをボコって情報吐かせれば同じことだろ？」

「全然同じではないと思います」

もしかしたら彼女の辞書には『交渉』や『穏便』といった単語は載っていないのかもしれない。

「お前たち、二手に分かれてこの障壁を迂回《うかい》しろ！」

「「ウォオオオオオオオオオオオオッ！」」

「来るよ！　セルビアはシャンたちのそばに！　レベッカは迎撃を！」

「「了解（です）！」」

近づかれたらあっという間にやられてしまう私と違い、レベッカはハルクさんほどではないけど相当強い。私たちのパーティでは最適な配置だ。

「八つ裂きにしてやるぞ、只人《ただびと》ども！」

「きみたちに恨《うら》まれる覚えはないんだけどなあ……っと」

ハルクさんには狼人族《ろうじんぞく》の首領が、レベッカや私たちには他の狼人族《ろうじんぞく》たちが押し寄せてきて、戦闘が始まる——その寸前。


『やめなさい』


声が響いた。

物理的な音声ではなく、脳内に直接響いてくるような不思議な声。

（……この声……？）

なんだか聞いたことがある……ような？

「おい、なんだよこの声？　ハルクはわかるか？」

「さあ……僕にもさっぱり」

私以外の人間にも聞こえているようで、さっきまで怒声が響き渡っていた戦場に困惑が広がる。

そしてその直後、いきなり狼人族《ろうじんぞく》たちがその場にひざまずいた。な、何事!?

「こ、これは聖大樹ベルタ様！　一体どうなさったのですか！」

狼人族《ろうじんぞく》の首領が虚空に向かって問いかける。

ややあって、再び脳内に声が響く。

『その者たちと争ってはなりません。争う必要もありません。ルガン、彼らはあなたたちの敵ではないのです』

「で、ですが……」

『狼人族《ろうじんぞく》の族長として、仲間を案じる気持ちはわかります。ですが、その者たちに対して敵意を向けてはなりません』

「……聖大樹様がそう仰るなら」

おお、すごい。

さっきまであんなに目を血走らせていた狼人族《ろうじんぞく》の首領が謎《なぞ》の声にたじたじになっている。

というか聞き間違いでなければ『聖大樹様』と言っていたような？

まさかこの声の主が聖大樹だとでもいうんだろうか。

『なによりその者は——黄金色の髪の少女は、私の妹の恩人でもあります。手を出すことは許しません』

こがねいろのかみのしょうじょ。

ひと呼吸おいて、

「「「————ッ!?」」」

その場の全員が私に視線を向けてきた。一応言っておくと、この場にいる金髪の女は私だけである。

「……私、ですか？」

『ええ。我が妹、七本目の聖大樹グレイシャを救った特別な少女。確か名前は……セルビア、でしたか』

「は、はい」

名前まで言われては否定できない。どうやら人違いということはなさそうだ。

「セルビア、どういうことだい？」

「さあ……私にもなにがなんだか」

ハルクさんに尋ねられ、私は首を傾げた。

確かに私は聖大樹の森に近い村で生まれた。

だから関わりがあるといえばあるけど、そこまで思い出に残ることは――

「聖大樹を救った、と言っているけど……」

「――あっ」

思い出した。……思い出した！

まだ完璧に記憶がよみがえったわけじゃないけど、一つだけ思い当たることがある。

謎《なぞ》の声の言う通り、ここことは別の場所で私は聖大樹を助けたことがある！

「せ、聖大樹様！　それは本当なのですか⁉　この只人《ただびと》が恩人などと……！」

驚愕したような狼人族《ろうじんぞく》の首領に、謎《なぞ》の声――ロニ大森林の聖大樹は静かな声で告げた。

『間違いありません。ルガン、彼女たちを私のもとまで連れてきなさい。私の客人と思って、くれぐれも丁重に』

▽

「いやーしかし本当びびったわー。普通に考えてありえねえよな、いきなり真上から襲撃されるとかさー」

「……」

「たまたまハルクが化け物級の強さだからなんとかなったけど、そうじゃなかったらあたしもセルビアも即死だぜ？　聖大樹サマはなんて言ったかねえ？」

「…………」

「別に蒸し返すつもりはねえけど、ほら、誠意ってあるじゃん？　仮にもこっちは被害者なんだし。なあ、狼人族《ろうじんぞく》の族長さんよ」

「……………なにが言いたい」

「あんたらの武器見して♡」

「……誰か、この赤髪の娘に剣を貸してやれ」

族長がげんなりしたように言うと、彼の部下が剣を持ってくる。それを受け取ったレベッカは、新しい玩具《おもちゃ》をもらった子供のように目を輝かせる。

「へえぇーっ、狼人族《ろうじんぞく》の剣って骨削って作ってんのか。薄刃なのに頑丈だな。ん？　これ背がノコギリみたいになってんのなにか理由があんの？　なあなあ」

狼人族《ろうじんぞく》の族長――ルガンさんというらしい――にねだって武器を貸してもらったレベッカは、今度は手近な他の狼人族《ろうじんぞく》にその詳細を尋ねている。

見たこともない武器に鍛冶《かじ》師の好奇心が刺激されたんだろうか。

「なんなんだ、この武器に異様に執着《しゅうちゃく》する娘は……」

げんなりしたようにルガンさんが言った。……なんだかすみません。

今はロニ大森林を移動している最中だ。

私たちを襲ってきた狼人族《ろうじんぞく》たちだけど、聖大樹の声が聞こえてからはすっかり敵意をなくしているように見える。その狼人族《ろうじんぞく》たちの案内で、私たちは聖大樹のもとへ向かっている。

私はハルクさんに小声で話しかける。

「……大丈夫なんでしょうか、この状況」

「どうだろうね。今のところは問題なさそうだけど……」

聖大樹は狼人族《ろうじんぞく》たちの集落の中にあるらしい。つまり私たちにとっては、敵陣の真ん中に飛び込むようなものだ。心配だなあ……

「警戒する必要はない。聖大樹様の指示があった以上、我々が貴様らに手出しすることはない。いかに貴様らが只人《ただびと》であろうともな」

ルガンさんが振り向いてそう言ってきた。

き、聞こえてましたか。あの狼の耳は人間より優れた聴力を持つようだ。

私はルガンさんに尋ねた。

「あの、あなたは私たちのことを『只人《ただびと》』と呼んでいますよね。どういう意味ですか？」

そろそろこの疑問は解消しておきたい。ずっと気になっていたのだ。

「そのままの意味だ。我らのような獣人でないただの人間を只人《ただびと》と呼ぶ」

「では、あなたたちが只人《ただびと》を嫌っているのは……」

「どうせ貴様らの歴史書には載っていないのだろうな。教えてやる」

ルガンさんは忌々《いまいま》しげな口調で、次のようなことを語った。


——かつて、王国には獣人と只人《ただびと》が共存していた。

獣人というのはその名の通り、獣の特徴を持つ人々のことを指す。この世界には生まれ持った魔力の性質のわずかな違いによって、特殊な体質を持つ人間が生まれることがある。そしてその一人を起源にその特徴を受け継いだ者たちは、種としてその特徴を確立させることがある。獣人はそういった『亜人』の一種である。

わずかな違いこそあれど、獣人と只人《ただびと》はよき隣人だった。

しかしある王が極度の獣人嫌いで、彼らを迫害し、虐殺した。

多くの獣人は王の手先に捕まり、拷問の果てに殺された。獣人の死体は広場に並べられ地獄の様相を呈した。最悪だったのは王が獣人と単なる獣の区別をできていなかったことだ。枷《かせ》をつけた獣人たちを森に離し、矢で射殺す遊びすら行ったという。

当時の王国には複数種の獣人がいたが、生き残ったのは狼人族《ろうじんぞく》のみ。彼らは強かっただけでなく、逃げ込んだ先がロニ大森林――只人《ただびと》の追手が入るのをためらうような魔境だったからだ。

狼人族《ろうじんぞく》たちはロニ大森林に集落を作り、現在まで生き延びてきた。

「只人《ただびと》は我々獣人の居場所を奪い、同胞を蹂躙《じゅうりん》した敵だ。何百年経とうと祖先が受けた苦しみが消えることはない」

「……」

あまりのことに開いた口が塞《ふさ》がらない。――そんな話は聞いたことがない！

私は一時的ではあれど王太子のクリス殿下と婚約していた身なので、王妃教育に近い内容の教育を受けている。王国の歴史も当然学んだけど、読むように命じられた歴史書には獣人という言葉は一度も出てこなかった。王族向けの歴史書にすら記述がないとなると、当時の人々は獣人の存在を徹底的に隠蔽《いんぺい》したんだろう。

「只人《ただびと》の私たちは恨《うら》まれて当然ですね……」

私が言うと、ルガンさんはフンと鼻を鳴らした。

「まあ、今さら復讐《ふくしゅう》のような真似をするつもりはないがな。祖先が必死に作り上げた平穏を壊すわけにはいかん」

「割り切っているんですね」

「ああ。一族を守ることが族長である俺の使命だ」

言葉の通り、ルガンさんの口調は静かで決意に満ちたものだった。他の獣人たちの安全を第一に考えているのが伝わってくる。かつての獣人が受けた仕打ちを水に流したわけではなくても、只人《ただびと》と争うつもりはないようだ。

……ん？

「……あの、それじゃあ私たちを襲ったのは？」

「それは我らの縄張りを荒らされたと思ったからだ」

ルガンさんはあっさりと告げた。

「このあたりは聖大樹様が清浄な気配を発してくださっているため、魔物が少ない。ロニ大森林で暮らすならこの場所以外にない。その貴重な土地に、かつて我らを虐殺した者の末裔《まつえい》がやってきた。警戒して当然だと思わんか？」

「……思います」

「そういうことだ。貴様らの目的もわからなかったからな」

狼人族《ろうじんぞく》たちにとって聖大樹付近の土地は生命線だ。その近くに目的不明の只人《ただびと》が現れたのだから、あの対応になるのは仕方ないことだろう。

一方、ハルクさんは別のことに納得している。

「聖大樹のおかげで魔物が少ない、か。どうりで【生体感知】に魔物の反応が少ないわけだ」

「そうだ、只人《ただびと》の剣士。もっとも、魔物が少ないのは聖大樹様周辺のわずかな土地だけだがな。原則的には聖大樹様に近付くほど魔物は強く、かつ数も多くなるが、我らが暮らす一帯にはその法則は当てはまらない」

ルガンさんの言葉にハルクさんも「なるほど」と頷く。

「ところでルガンさん。ずっと気になってたんだけど、僕たちを襲った時なにか」

「ルガンでいい。貴様は俺より強いからな。敬語もいらん」

「……了解。それじゃあルガン、僕たちを襲った時になにかした？　きみたちの気配がまったく感じられなかったんだけど」

……そういえば。

ハルクさんは【生体感知】で常に周囲を警戒していた。なのに、狼人族《ろうじんぞく》たちはなぜか感知に引っかからずに近づいてきていた。

「ああ、それなら【気配遮断】を使ったせいだな」

その疑問にルガンさんはあっさり答えた。

「【気配遮断】？」

「我ら狼人族《ろうじんぞく》たちが得意とする魔術のようなものだ。体の周囲に微小な魔力をまとわせ気配を遮断することで、敵の探知を妨害することができる。……こんな具合に」

そう言ってから、ルガンさんが一瞬目を閉じる。

すると確かにルガンさんの存在感が一気に薄れた。

うまく言えないけど、ルガンさんがそこにいるのはわかるのに、意識できないという感じだ。

「すごいね……探知を妨害するだけじゃなく、この距離でも気配を薄れさせるなんて」

「狼人族《ろうじんぞく》の秘術だからな」

ハルクさんが感心したので、ルガンさんが少し誇《ほこ》らしげだ。

「具体的にはどうやってるんだい？」

「周囲の魔力・気配に合わせて魔力の膜を張るんだが……正直、自分でも詳しいことはわからん。感覚的にやっているからな」

「ふむふむ」

「しいて言えば、『自然と一体化する』のを意識するのがコツだ」

「なるほど。……うーん」

「……もしかして真似したいのか？　無駄だと思うぞ。【気配遮断】を使うには、周囲を正確に把握する鋭《するど》い五感が必要で――」

「――ああ、できたできた。こんな感じかな？」

「……っ、…………!?」

ルガンさんが信じられないというような目でハルクさんを二度見したあと、振り返って私を見つめた。こっちを見られても困ります。

「ば、馬鹿な！　なぜ人間の貴様が狼人族《ろうじんぞく》の秘術である【気配遮断】を……!?」

「ルガンがいろいろ教えてくれたおかげだよ。ありがとう」

「いや、そんな簡単に真似できるものではないからな!?」

「それよりルガン、建物が見えてきたね。あれが狼人族《ろうじんぞく》の集落かい？」

「なぜ貴様はそんなに平然としているんだ……」

ルガンさんが疲れたように肩を落とした。

その気持ちはよくわかる。

さて、ハルクさんの言葉の通り、前方には木製の建物がいくつも見えてきた。その一帯は魔物対策のためだろう、丸太の柵《さく》で囲まれている。

私たちは狼人族《ろうじんぞく》の集落に到着した。

▽

「こっちだ」

ルガンさんについて獣人の集落を移動していく。

集落の中で目につくのは、丸太やつたを利用して作られた建物や畑、水場から引いてきたらしい小川など。普通ののどかな農村、という感じだ。

「……なんだか見られていますね」

「やっぱり只人《ただびと》は歓迎されないみたいだね」

ハルクさんと小声で言葉を交わし合う。

集落の中に入ると、住民らしい狼人族《ろうじんぞく》の人たちに注目されているのがわかる。

私たちが只人《ただびと》だからというのもあるだろうし、飛竜まで連れているんだから当然だろう。

ルガンさんは私たちのそんな会話を聞いてか、ぴたりと足を止めた。

それから胸いっぱいに空気を吸い込み――

「――我が同胞よ！　この只人《ただびと》たちは、聖大樹ベルタ様の客人である！　無礼な振る舞いをしないように！」

なんという大声！

狼の特徴を持つだけあって、遠吠えが得意なんだろうか。

このルガンさんの宣言は効果抜群で、住民たちの警戒が薄れたのがわかった。それだけ狼人族《ろうじんぞく》たちにとって聖大樹の存在は大きく、絶対的なのだろう。

そんな一幕を挟みつつも私たちは集落の中央へ進んでいく。

狼人族《ろうじんぞく》の集落の中央になにがあるか。

それは、この集落に入る前からもう見えている。

「……これが、聖大樹か。実際に見たのは初めてだよ」

「でっけえー……」

ハルクさんとレベッカが口々に感嘆の声を上げる。

案内された狼人族《ろうじんぞく》の集落の中央には、一本の巨木が生えていた。

ここまでロニ大森林を移動してくる中で巨大な木はいくつも見てきたけど、これは別格だ。先端は雲より高い位置にあるため目では見えない。空を覆《おお》い尽くさんばかりの枝葉は淡く輝き、呼吸でもするかのように安定した周期で光の強さを変えている。時折周囲に散っていく光の粒は、聖大樹が放出しているという魔力だろう。あまりに神秘的なその外観に畏怖《いふ》すら覚える。

ルガンさんは聖大樹のことを『様』付けで呼んでいたけど……それも頷ける。

狼人族《ろうじんぞく》にとってまさしくこの木は信仰の対象なのだ。


——と。


「よく来ましたね、セルビア」

聖大樹の根元に一人の女性が立っていた。

背は女性にしては高く、レベッカと同じくらいだろう。長く伸びた髪は緑色で、聖大樹の枝葉と同じように淡く輝いている。顔立ちはこの世のものとは思えないほど美しい。

この人って、まさか……

「聖大樹様。お望みの通り、この者たちを連れてまいりました」

「ええ。ご苦労様、ルガン」

聖大樹様、と呼んだということはやっぱりそうみたいだ。

「……聖大樹？　あんたが？　人間じゃねえか！」

混乱したように言うレベッカに、緑髪の女性——もとい、聖大樹ベルタはくすりと笑う。

「聖大樹で合っていますよ。この姿は魔力を寄せ集めて人間に似せてあるだけです。人間と話す時は、このほうがいいかと思いまして」

「はー……やっぱただの木とは全然違うんだな」

「そんなことはありません。ただ他の木より古く、大きいだけですよ」

ふ、不思議な言いまわしだなあ……

だからというわけじゃないけど、この人物が聖大樹ベルタであることは間違いなさそうだ。ルガンさんたちの態度もそれを裏付けている。

さて、と聖大樹ベルタは私のほうを見た。

「初めまして、セルビア。以前は妹のグレイシャが世話になりましたね。感謝しています」

「い、いえ。ベルタさ——ベルタ様が感謝なさるようなことでは」

「呼び名はなんでも結構ですよ。ベルタでも、ベルタさんでも、ベルちゃんでも」

「……じゃあ、ベルタさんで」

とりあえず一番しっくりくるものを選んでおく。

ハルクさんがベルタさんにこんなことを尋ねた。

「聖大樹ベルタ。一つお聞きしたいことが」

「あなたは？」

「セルビアの仲間のハルクと言います。……それで、結局セルビアがしたことというのはなんだったんですか？」

「？　セルビアから聞いていないのですか？」

ベルタさんにじっと見つめられたので、私は白状した。

「……すみません。断片的にしか覚えていなくて」

心当たりはあるけど、人に説明できるほどちゃんとした記憶じゃない。

「そうですか。……いえ、それならセルビアにとってあれは特別なことではなかったのでしょうね。さすがです」

なぜか感心されてしまった。

というか、今更だけどベルタさんは聖大樹グレイシャの森でのできごとをなぜ知っているんだろう。聖大樹独自の連絡網があるんだろうか。

『そういうもの』と言われてしまえばそれまでだけど。

そんなことを考えていると、ベルタさんが再度口を開いた。

「では、簡単に説明しましょうか。セルビアがかつてなにをしたのか」

その場の全員が聞く姿勢に入る。……なぜか私が緊張してきた。

「妹グレイシャの森は、かつて大量の『生き死人』によって苦しめられていました。『生き死人』は怨念《おんねん》の塊《かたまり》であり、あらゆる生命を腐《くさ》らせる瘴気《しょうき》を撒《ま》き散《ち》らす存在です。一体だけなら大したことはありませんが、何百体もいれば無視できない脅威《きょうい》です」

「……なあハルク、『生き死人』ってなんだ？」

「グールのことじゃないかな」

レベッカが小声で尋ねると、ハルクさんは即座に答える。

「アンデッド系の魔物で、他の生き物を噛《か》むことで仲間を増やしていくんだ。動物も人間も関係なしだから数日で何十倍にもなったりする」

「うげ、なんちゅうタチの悪い魔物だよ」

「そうだね。出現したらすぐに殲滅しないと一国では対処できなくなる可能性すらある」

表情を引きつらせるレベッカに、ハルクさんは大きく頷いた。

ベルタさんはハルクさんの説明を聞き、ふむと呟く。

「人間はそのように呼ぶのですね。ハルクの言う通り、厄介《やっかい》な相手です。妹の森は『生き死人』――グールに侵されつつありました。それを救ったのがセルビアです。セルビアはたった一度の祈りで、数百体のグールすべてを全滅させせました」

「「「えっ」」」

ベルタさんを除く全員が信じられないという顔で私を見た。

「あ、あはは」

居たたまれなくなったので、とりあえず空笑いしておく。

「せ、聖大樹ベルタ。それは本当ですか？　数百体のグールをセルビアがたった一人で倒したというのは……」

「ええ。間違いありません」

ハルクさんが表情を引きつらせて尋ねると、ベルタさんはあっさり頷いた。

そう、私は確かに聖大樹の森で魔術を使った。

当時は制御なんてできなかったはずなので、使ったのはおそらく【聖位祓魔《セイクリッドエクソシズム》】ではなく、【神位祓魔《ラスティアエクソシズム》】のほうだろう。神位魔術なら、グールが百体だろうと千体だろうと一撃で葬ることができる。

ベルタさんは面白がるように言葉を続ける。

「妹も驚いていましたよ。グール本体は元より、グールたちが吐き出した瘴気《しょうき》によって蝕《むしば》まれた森の木々や動物たちまでが、まだ幼い子供によってあっさりと浄化されたのですから。セルビアがいなければ妹の森はそのまま滅んでいたかもしれません。その時から私たち聖大樹にとって、セルビアは恩人なのです」

「マジかよ……」

「教会に預けられる前ってことは、セルビアって当時五歳になっていたかどうかってところじゃ……それで数百体のグールを倒すって一体……？」

レベッカとハルクさんがぶつぶつとなにか言っている。

なんだか褒《ほ》められているけど私はなんとも言えない気持ちだ。

というのも、そのグール退治の経緯というのが――

①夜、寝ようとしたら聖大樹の森から『助けてくれ』『呪ってやる』というような呪詛《じゅそ》が聞こえた。
②うるさくて眠れなかったので、森に行って除霊魔術を使った。
③静かになったので満足して家に帰って寝た。

以上。

……要は、安眠のために騒音の原因を排除しただけなのだ。

怨念《おんねん》というのは物理的な音とは違うので、ある程度距離があっても届いてしまう。それが気になって眠れず、業《ごう》を煮やした私は除霊を行った、という経緯である。

うろ覚えなのも当然だろう。

子供の頃だからとか以前に、当時の私はどう考えても寝ぼけている。

「ま、セルビアは昔からセルビアだったってことだな」

「そうみたいだね……」

「あの、二人とも。どうして呆《あき》れたような表情で私を見るんですか？」

レベッカとハルクさんが妙に達観した眼差しを送ってくる。

なんとなく、私が普段ハルクさんを見る目に近い気がしなくもない。

「さて、セルビア」

「は、はい」

一通り話しおえたベルタさんが私に向き直る。

「改めて問いますが、あなたはなぜこの森に来たのですか？　私に協力できることであれば手を貸しましょう」

「い、いいんですか？」

「ええ。妹の恩人に報いるいい機会です」

なんという心強い救援宣言だろうか。

「私たちは『イグニタイト』という鉱石を探しているんです」

「いぐにたいと。……人間のつけた名称ではわかりません。具体的な特徴は？」

「ええっと……」

ちらりとレベッカに視線を送る。イグニタイトについて知っているのは彼女だけだ。

レベッカはこう説明した。

「あー、炎の魔力を宿した鉱石だよ。硬くてもろい。色はくすんだ緋色。このロニ大森林にあるはずなんだが……」

「ああ、なるほど。『ホムラ石』のことですか。確かにありますね」

「本当か!?」

「はい。場所はルガンが知っているはずです」

ベルタさんが視線を送ると、ルガンさんはなぜか顔をしかめていた。

どうかしたんだろうか？

「ホムラ石……ですか」

「ルガン。案内を任せても構いませんか？」

「……承知しました」

気が進まないという態度で、ルガンさんは頷いた。なんだか気になる反応だ。ホムラ石――イグニタイトにはなにか秘密があるんだろうか。

「では、ルガン。案内を頼みますよ。――私はセルビアと話しながらついていきますから」

「わかりま……はい？」

ベルタさんの言葉にルガンさんがぎょっとする。もちろん私も。

ベルタさんがこっちに歩いてきて、私の前でにっこり笑った。

「せっかく来たのです。セルビア、森の外の話を聞かせてください」

「え？　えっ？」

「人間の文化についてですよ。そうですねえ、あなた方はどんなものを食べて暮らしているのですか？　住居は？　衣服は？　私、ずーっとこの森にいるので退屈なんです」

「あ、あの……」

「あ、ルガン。私のことは気にせず出発してください」

「わかりました。……行くぞ。ホムラ石のある洞窟《どうくつ》はこっちだ」

ルガンさんが先導し、私たちはそのあとについていく。

その間ずっと、私はベルタさんに質問され続けた。

「ではセルビア、次の質問です。あなたはどうして強力な除霊魔術を使えるのです？」

「えっと、それは――」

凄まじく長い年月をこの森で過ごしたベルタさんは、どうやら外界の知識に飢《う》えていたようだ。

私が質問に答えるたびに「へえーっ」と声を上げている。

なんだろう。これはどういう状況なんだろう。どうして私は聖大樹から質問攻めにされているんだろう。

「……見ろよハルク。セルビアのやつ、聖大樹にすっかり懐《なつ》かれてるぞ」

「気難しい飛竜ともすぐに仲良くなってたしね……もはや才能の域だよね」

レベッカとハルクさんがなにやらひそひそ話している。

そんな感じでしばらく移動していくと、目的地に到着した。

「ここだ」

案内されたのは山の中に続く洞窟《どうくつ》の入り口。

天然のものではなく、どうやら狼人族《ろうじんぞく》たちが掘ったもののようだ。

ただ――なぜか洞窟《どうくつ》の入り口が大岩で塞《ふさ》がれているのが気になる。

なんでこんな蓋をしているんだろう？

「ルガン。この大岩は？」

「この洞窟《どうくつ》を塞《ふさ》ぐために我々の祖先が置いたものだ。ホムラ石はこの奥にある」

「なるほど」

「一応確認しておくが――本当に中に入るか？」

ルガンさんの表情は真剣そのものだ。

……なんだか嫌な予感がしてきた。

「……ルガン。どうしてこの洞窟《どうくつ》の入り口を塞《ふさ》いでいるんだい？」

ハルクさんも同様だったようで、ルガンさんにそう尋ねた。

「……開けたらわかる。嫌でも」

「……魔物がいたりはしないよね？」

「それはない」

妙にはっきり答えるルガンさん。

「わかった。岩をどけてもらえる？」

「ああ」

ハルクさんの要望に応じてルガンさんは部下に指示を出す。同行していた狼人族《ろうじんぞく》たちが数人がかりで岩を押すと、重い音を立てて洞窟《どうくつ》の入り口が開通して――


途端に熱風が吹きつけてきた。


「熱っ⁉」

「――ッ、高温のガスか……⁉」

私とハルクさんは思わず後退する。なんですかこの熱気は⁉

「ホムラ石は大量の炎の魔力を溜めこんでおり、常に高温を発しています。迂闊に近づくとやけどしますよ」

「そういうことは先に言ってください！」

狼人族《ろうじんぞく》たちやベルタさんは、すでに熱の届かない場所に逃げている。せめて一言警告してくれても良かったと思う。

改めて視線を前に向ける。

洞窟《どうくつ》内には高温の蒸気が充満している。中に入れば全身が焼けただれてしまうだろう。洞窟《どうくつ》には不思議な赤い光が満ちており、奥に行くほどその色は濃くなっているようだ。

「……なんなんですか、これは」

「ことの始まりは我らの先祖がここを採掘していた時のことだ」

私が尋ねると、ルガンさんが説明してくれる。

「ロニ大森林には強い魔物が多い。狩りのため、鉄製の武器を作ろうと鉱石を掘っていた。するとある日、見たことのない鉱石が出現した。それがホムラ石だ」

ルガンさんの説明は続く。

「ホムラ石は、それまでずっと眠りについていた。しかし採掘され、外気に触れたことで目覚めてしまった」

「目覚めた？　……鉱石の話ですよね？」

「魔力を帯びた鉱石は、少しの刺激で暴走することがあるんだよ」

「なるほど」

私が呟いた疑問にすかさずハルクさんが答えてくれる。ハルクさんが知らないことって存在するんだろうか。

「ハルクの言う通りだ。ホムラ石は溜めこんだ炎の魔力を暴走させ、洞窟《どうくつ》内を火の海に変えた。その時洞窟《どうくつ》内にいた者のうち半数はどうにか生還できたが、残りは焼死したそうだ」

「だ、大惨事じゃないですか」

「そうだ。だから先祖たちは話し合い、この洞窟《どうくつ》を岩で塞《ふさ》いだのだ」

重々しく頷くルガンさん。

どうりでここに来ることになった時、ルガンさんたちが嫌そうにしていたわけだ。そんな事故があった場所に近づくことが嫌だったのだろう。私たちの探し物がこんなに危険なものだったなんて……

「ですが、その時ほどの火力はなくなっているようです。今なら運が良ければ生きたまま洞窟《どうくつ》の奥までたどり着けるかもしれませんね」

「ベルタさん、それは生還できないと言っているようなものですよね？」

ただ往復すればいいだけならともかく、今回は洞窟《どうくつ》内で採掘までしなくてはならないのだ。いくら火力がマシになっていても決して楽観視はできない。

「それで、どうしようか」

ハルクさんが洞窟《どうくつ》を見ながら言う。

「……ハルクさんでもどうにもなりませんか？」

「うーん……剣圧で熱気を吹き飛ばすことはできると思う」

「そんなことができるんですか？　それなら――」

「ただ、それをやると洞窟《どうくつ》が崩落するだろうね」

「他の案を考えたほうが良さそうですね」

洞窟《どうくつ》が崩落してしまったら採掘どころじゃない。

「ちなみにルガンさんやベルタさんは中に入れたりとかは……」

「毛皮が焦げるだろうが」

「私は木ですから、火はちょっと」

現地の方々には種族上の理由で断られた。

確かに、狼人族《ろうじんぞく》はふさふさした耳や尻尾のぶんだけ燃えやすいような気がするので納得できる。

ベルタさんは……いや、深く考えないでおこう。本体が木なのは事実だし。

「シャンとタックなら火には強そうですよね」

「中に入れても、どれがイグニタイトか判別できないけどね」

「……確かに」

うーん……どうしたらいいんだろう。

やけどを覚悟して突撃する選択肢も一応ある。私が回復魔術を使いながら進めば生還は不可能ではないはずだ。生きて帰れさえすれば、傷跡一つ残さず治療できる自信もある。

……けれど。

「……ハルクさん。あの入り口の陰に見えるのって……骨、ですよね」

「……そうだね」

かつてイグニタイトの発する熱で焼け死んだ狼人族《ろうじんぞく》の一部だろうか、白い頭蓋骨《ずがいこつ》が入り口付近に落ちている。皮膚が焼けただれていく中で洞窟《どうくつ》の中に進んでいくなんて、そんなことが可能なんだろうか。祈祷《きとう》では似たような経験はあるけど、あれはあくまで精神世界での話だ。現実と同じように考えるのは危険だろう。

「そもそも、レベッカがいないとイグニタイトがどれかわかりませんよね」

「それもそうだね。レベッカがいないと――」

ふと気付く。

周囲を見まわすと、この場にいるのは私、ハルクさん、ルガンさんたち狼人族《ろうじんぞく》、ベルタさん、シャン、タック。以上。

「――レベッカはどこに行った（んですか）!?」

慌てて周囲に視線を走らせる。けれど目視できる範囲に赤髪の鍛冶師《かじし》の姿は見えない。ちょ、ちょっと目を離した隙に！

まさか魔物に襲われたんじゃ……なんて思っていると。

「……ふぃー、外は涼しいなー。あ、セルビアにハルク、これ見ろよ！　イグニタイト採ってきたぜ！」

レベッカが戻ってきた。

まるで一仕事終えたというような晴れやかな顔で。

――イグニタイトによって高温となり、常人なら入っただけで皮膚が焼けただれる灼熱《しゃくねつ》の洞窟《どうくつ》の中から。

「……え？　ちょっ、レベッカ⁉　なにしてるんですか⁉」

「あん？　だから採掘だよ。まあ洞窟《どうくつ》の奥に落ちてた破片をいくつか拾ってきただけだけどな」

レベッカが手を差し出すとそこには輝く真っ赤な鉱石が。

これがイグニタイト……？

って、確かに覗き込んだらちょっと熱い！　レベッカが持ってきたのは拳《こぶし》くらいのサイズのものだけど、それでもかなりの熱を発している。

「あ、赤髪の娘。貴様洞窟《どうくつ》の中に入ったのか？　それにしては平気そうだが……」

ルガンさんが顔を引きつらせながら言う。

ルガンさんの言う通り、レベッカの肌にはやけどの痕《あと》は見られない。

レベッカはなんでもないことのように、

「ああ、あたしやけどしないんだよ」

「……は？」

「『神造鍛冶師《しんぞうかじし》』の能力の一つでな。やたら熱に強いんだ。まあ、ちょっと暑いなーくらいはわかるけど……そんなもんだな」

……え。

えええええええ。

「は、ハルク！　貴様の仲間は一体どうなっているんだ！」

「僕に言わないでルガン！　僕だって初めて聞いたんだよ！」

「さすがはセルビアの友人ですねえ」

「ベルタさんは少しは驚いてください！　というかレベッカはなんでそんなに大事なことを教えてくれないんですか！」

混乱に包まれる私たち。今まで悩んでいた時間は一体なんだったのか。

当の本人であるレベッカはきょとんとしている。

「あれ、言ってなかったっけ？」

「聞いてませんよ！　全然、これっぽっちも！」

「けどあたしこの薄着で鍛冶《かじ》やってんだぞ。やけどしないって察しくらいつくだろ」

「た、確かに……」

レベッカはかなり露出の多い服装だけど、ハルクさんの剣を打ち直した時もその格好のままだったような気がする。

「ま、仮にも神サマから力を与えられてる身だからな。このくらい楽勝だぜ」

「……なるほど。そう言われると説得力があるね」

「ハルクさん、なぜ私を見るんですか」

同じラスティア様の使徒でも、『炎の完全無効化』に比べたら私の能力はまだ常識的だと思う。

「本当になんなのだ、貴様らは……」

そんなことを言い合う私たちを見て、ルガンさんは呆然とそう呟いていた。

▽

——ということがあった、翌朝。

「じゃあねルガン、いろいろありがとう」

「気にするな。貴様らは客人。もてなすのは当然のことだ」

狼人族《ろうじんぞく》の集落の入り口で、ルガンさんとハルクさんがそんな会話を交わしている。

イグニタイトを手に入れた私たちは、その日は狼人族《ろうじんぞく》の集落に泊めてもらうことになった。狼人《ろうじん》族《ぞく》たちの歓待を受け、ぐっすり眠り、今からメタルニアに戻るところである。

「実に有意義な一日でした。セルビア、いろいろ教えてくれて感謝します」

「あ、あはは……あれくらいお安い御用です」

「次は是非話に出てきた『けーき』や『くっきー』の実物を持ってきてくださいね」

「は、はい。忘れないようにします」

ベルタさんの言葉に頷いておく。

……なんというか、すっかり気に入られてしまった。

聖大樹ってすごく特別な存在だと思うんだけど、こんなに親しみやすくていいんだろうか。

「おーい二人とも、そろそろ行こうぜ！」

と、これはイグニタイトを使ってすぐに武器を作りたいレベッカの台詞《せりふ》。

私とハルクさんもそれぞれ話を切り上げ、出発準備を終えたシャンたちのもとに向かう。

「それじゃあベルタさん、今回はありがとうございました」

「いいえ。私こそ、楽しい時間を過ごせました」

「そう言ってもらえると嬉しいです」

「セルビア。私たち聖大樹にとって、あなたは恩人であり友人です。――今後も、なにか困ったことがあれば頼りなさい。私たちにできることなら手を貸しましょう」

「あ、ありがとうございます！」

ベルタさんが緑の髪を揺らして微笑む。

何千年も生きる霊樹である彼女たちにここまで言ってもらえるなんて、嬉しいというか、畏《おそ》れ多《おお》いというか。

……次に来る時には、ちゃんとお菓子を持ってこよう。

そんなことを考えながら私はシャンにまたがり、狼人族《ろうじんぞく》とベルタさんに見送られてその場をあとにした。

かくして材料の調達は完了。

次はいよいよ、宝剣の作製だ。

第六章　神造鍛冶師《しんぞうかじし》

ロニ大森林から数日間の空の旅を経て、メタルニアへと戻ってきた。

ひとまずシャンとタックを宿の厩舎《きゅうしゃ》にまた預けておく。

厩舎《きゅうしゃ》にシャンとタックを預けに行くと、またもフランツさんの姿はなかった。……あの人、いつもどこに行っているんだろう？

そんなことを考えながらレベッカの店に向かう。

「あたしの店、大丈夫かなあ……」

レベッカが不安そうに呟く。

出発前に気合いを入れた【聖位障壁《セイクリッドバリア》】で店を囲っているので、大丈夫だとは思うけど……

ふとハルクさんが告げる。

「……【生体感知】に反応がある。店の前に誰かいるね」

「アリスの部下でしょうか？」

「かもな。もしそうだったら叩き返してやる」

レベッカとそんなことを言い合いながら店の前までやってくる。

まず、【聖位障壁《セイクリッドバリア》】はちゃんと機能していた。店が傷つけられた気配はない。けれど障壁の手前に人影がある。

「……戻ったか、レベッカ」

「「――ッ！」」

その人物を見た途端私とハルクさんが身構えた。

そこにいたのは身長二Mに迫る巨躯《きょく》を持つ男性だった。私の胴ほどもある上腕には圧倒的な脅《りょ》力《りょく》が秘められていることだろう。

頬に傷があり、元から恐ろしげだっただろう顔はさらに迫力を増している。

なにより目を引くのはその人物が手にする巨大な金槌《かなづち》だ。一振りで岩すら砕《くだ》いてしまいそうな重量感。なんておそろしいんだろうか。

「なるほど。彼がワルド商会からの刺客というわけか」

「離れてください、レベッカ！　ここは危険です！」

ハルクさんが感知していたのはこの大柄な男性だろう。おそらく、いや間違いなくアリスが差し向けた部下に違いない。待ち伏せなんて、アリスはどこまで卑劣なことを……っ！

「あー……気持ちはわかるが落ち着け二人とも。その人は敵じゃねえ」

「「えっ？」」

なんて思っていると、レベッカが意外なことを言い出した。

「その人はドルグさんっつって、この街の鍛冶師《かじし》の代表みてーな人だ。あたしも昔からよく世話になってる」

……知り合い？

レベッカの様子を見ると、ぜんぜん警戒している感じじゃない。

レベッカが大柄な男性に話しかける。

「にしてもなんでドルグさんがうちの店の前にいるんだよ」

「……用件があったからだ。それに、ワルド商会の人間たちがうろついていたので、余計なことをしないよう牽制していた」

「あー、やっぱり来てたのかアリスの手下。追い払ってくれてありがとな」

「……大したことはしていない」

えーっと……二人の会話を聞くに、この男性――ドルグさんは、アリスの手先からレベッカの店を守ろうとしてくれたようだ。

確かにこんなこわもての人物が巨大な金槌《かなづち》を手に仁王立ちしていたら、近づくことすらためらわれるだろう。

どうやら私たちは思いっきり勘違いをしていたようだ。

「……レベッカ。そちらの二人は何者だ？」

そんなことを考えていると、ドルグさんが私とハルクさんを見て尋ねる。

「あー、恩人って言やあいいのかな」

「……？」

「えっとだな――」

レベッカがドルグさんに事情を説明する。

すべてを聞きおえたドルグさんは、おもむろに私たちに頭を下げた。

「……感謝する。この子を助けてくれて」

「い、いえ、お礼を言われるようなことでは」

「ええ。それに、僕たちはレベッカに協力してもらっていますから」

「……それでもだ。我々鍛冶師《かじし》はワルド商会に逆らうことができない。この子のそばにいてくれてありがとう」

そう言って深く頭を下げるドルグさん。

その姿からは、本当にレベッカを思いやっていることが伝わってきた。

レベッカは照れたように頬を掻《か》きつつ、話題を変えるように言った。

「そ、それよかドルグさん。なんか用があったんだろ？」

「……ああ。これを渡すために来た」

そう言ってドルグさんがレベッカに差し出したのは……酒瓶？

「……ローマンの命日が近い。これはあいつが好きだった酒だ」

レベッカは酒瓶を受け取りつつ苦笑した。

「悪いな毎年。親父も喜ぶよ」

「……気にするな」

そんなやり取りをすると、「もう行く」と言い残してドルグさんは去っていった。

その後ろ姿を見送ってから、私はレベッカに話しかける。

「レベッカ。ローマンさんというのはお父さんの名前ですか？」

「あー……説明すんのがややこしいんだよなあ」

「？」

「まあでも父親みたいなもんだ。うん」

なんだか煮え切らない返事だ。

一つ言えるのは、レベッカの店にレベッカ以外の誰か――『ローマン』なる人物の気配はないということ。

……なんだか訳ありみたいだし、あまり気にしないほうがいいのかな。

「それよりさっさと中に入ろうぜ。いつまでも店の外にいるのも変だろ」

そう言ってレベッカは話を切り上げ、店の中に入っていく。私とハルクさんもそのあとを追った。


「っつーわけで、いよいよ宝剣作りに入る」

「つ、ついにですか……！」

イグニタイトを手に重々しく宣言するレベッカに、私とハルクさんも頷きを返す。

この段階に到達するまでいろいろなことがあった。

ロックワームの出現による通行止めをきっかけにレベッカと知り合い、その後アリスが襲来するというトラブルがありつつも、宝剣作成の依頼を受けてもらった。ロニ大森林では狼人族《ろうじんぞく》に襲われたり、世界に数本しかないとされている聖大樹と交流を深めたり、灼熱《しゃくねつ》の洞窟《どうくつ》から宝剣の材料であるイグニタイトを持ち帰って……

なんだか王都の教会で宝剣の話を聞いたのが遠い昔のように感じる。けれどようやく当初の目的を果たす時がきたのだ。

「あたしは今から工房にこもる。今回はちっと時間がかかるかもしれねえから、そこは承知しといてくれな」

「わかりました。……あの、レベッカ」

「なんだ？」

「もし可能なら、宝剣を打つところを見ていてもいいですか？」

「別にいいけど……そんなに面白いもんでもねえぞ？」

「でも見てみたいです」

私はこの街に来るまで、鍛冶師《かじし》という存在に接したことなんてなかった。メタルニアを観光している最中に遠目に鍛冶《かじ》の現場を見る機会があったけど、その迫力に私は驚いた。赤々と燃える鉄に、鋭《するど》く何度も振り下ろされる槌《つち》。凄まじい高温になっているであろう作業場にあって、鍛冶師《かじし》たちの気迫はその空間よりも熱く燃えているように思えた。あれを間近で見られる機会なんてそうそうないだろうし、ぜひとも見学してみたい。

それにレベッカの腕を疑うわけではないけど、宝剣は魔神討伐に必須のアイテムでもある。私の個人的な好奇心はさておいても、作成過程は気になってしまう。

「あ、もちろん迷惑なら控えますけど……」

私が言うと、レベッカは苦笑した。

「別に迷惑ってことはねえよ。物好きだとは思うけどな。わかった、ついてきな。ハルクも来るか？」

「そうだね。せっかくだし、見学させてもらおうかな」

レベッカについて奥の鍛冶場《かじば》に向かう。

石造りの部屋には鎧戸《よろいど》があり、大型の炉や金敷といった道具が置かれている。壁には鋏《はさみ》やサイズの異なる金属製の槌《つち》がかかっている。

一見すると薄暗いように感じるけど、それは壁一面に張りついた煤《すす》のせいだ。どれだけの武具がここで生み出されたのか、想像もつかない。

「レベッカ、あの天井にある穴はなんですか？」

「排煙口だよ。街の上のほうにパイプが通ってただろ？　この排煙口は鍛冶《かじ》場から出る煙やら熱気やらを、パイプ経由で街の外に出してんだ。そうしないと都市の中で空気が淀《よど》んで大変なことになるからな」

「すごい仕組みですね……」

「メタルニアは国有数の武器の産地だから、この手の設備も税金でできちまうんだよなあ。戦争があった時なんかは、国からとんでもねー数の依頼が来てたんだぜ」

メタルニアは冒険者たちだけでなく、国にとっても重要な街ということらしい。スケールの大きな話だ。

「かなり暑くなるから覚悟しとけよ」

「わかりました」

レベッカは鎧戸《よろいど》を開けたり炉の中に藁《わら》を入れたりと、てきぱき準備を進めていく。

炉に炎が入り、部屋の温度が一気に上がった。

「……始めるぞ」

鋏《はさみ》で掴んだイグニタイトが炉の中に入る。元から赤かったその鉱石はさらに赤熱してオレンジ色へと変わっていく。

火から取り出したイグニタイトにレベッカが小槌《こづち》を振り下ろす。

かぁん、という槌音《つちおと》。

私は息を呑んだ。

レベッカの瞳は鑑定スキルを使っている時と同じく琥珀《こはく》色に変化し、小槌《こづち》には白い光が宿っている。あれが神ラスティア由来の力だということは直感的にわかった。イグニタイトは輝く小槌《こづち》に打たれるたびに表面を揺らがせ、白い光を取り込んでいるように見えた。

レベッカの内部から溢《あふ》れる力が、小槌《こづち》を通してイグニタイトに流れ込んでいるのだ。

何度も何度も槌音《つちおと》が響く。そのたびに力の波が発され、部屋全体が揺れる。

「フゥッ――」

小槌《こづち》を振り下ろすレベッカの仕草は、まったくぶれることはない。

私は一瞬、この場にはレベッカとイグニタイトしか存在しないような錯覚を起こした。自分の呼吸も聞こえない。金属同士がぶつかる硬質な音だけが響く。

レベッカの鍛冶《かじ》にも『神造鍛冶師《しんぞうかじし》』による補正が働いているんだろうか？

そんな思考がよぎったけど……私はすぐにそれを否定した。レベッカの技術は間違いなく彼女が積み上げてきた努力の成果だ。そうでなければあんなふうに、見ているこっちが畏《おそ》れにも似た感情を抱くような鍛冶《かじ》はできないだろう。彼女が自らの手で掴み取った技術を神ラスティアのおかげにしてしまうのは、なんだかとても失礼なことに感じた。

……どのくらい経っただろうか。

叩かれ、延ばされたイグニタイトはすでに剣とわかる形になっている。一際澄《す》んだ槌音《つちおと》が響いた瞬間、それはまばゆい光を発して鍛冶場《かじば》を白く染めた。

レベッカが作業の手を止める。

「……完成だ」

できあがった刀身に鍔《つば》と柄がつけられる。

レベッカが立ち上がり、完成したそれを持ってきた。

「これは……」

「刃が、赤い……？」

私とハルクさんは口々に言った。

宝剣は一般的な両刃の長剣だったけど、刃が赤く染まっていた。炎を思わせるような色だ。これはイグニタイトを材料にした名残だろうか。

「す、すごいですね！　なんだか特別な剣という感じがします！」

「そうだね。僕もこれほど美しい剣を見たのは初めてかもしれない」

「なんだか炎をまとったりできそうじゃないですか⁉」

「もしくは構えて魔力を込めたら熱線を発射したりとか」

そんな感じで絶賛する私とハルクさんだったけど、ふと気付く。

「……」

なんだかレベッカが難しい顔で眉根を寄せている。なぜ？

「レベッカ、どうかしたんですか？」

「いや、まあその剣なんだけど……やってみたほうが早いな。ちょっと店の裏に来てくれ」

言われるがままレベッカについて店の裏に回る。

「ハルク。その剣であの的を斬ってくれ」

「試し斬りというわけだね。了解したよ」

レベッカの店の裏手には倉庫があり、そこに鍛冶《かじ》の材料なんかが詰《つ》め込まれている。そのそばに試し斬り用の丸太が置いてあった。

ハルクさんはその丸太に向かって宝剣を振り抜き――

ドガンッ！　パラパラパラ……


丸太は粉みじんに吹き飛んだ。

そこで私とハルクさんはレベッカの言いたいことを理解した。

「……斬れない？」

「そうなんだよなー。それ、今のままだとナマクラなんだよ」

ハルクさんが剣を振れば、普通なら両断される。けれどこの宝剣は丸太を斬るのでなく粉砕した。鈍器でも使ったかのように。

「あたしの【鑑定】によれば、その剣は魔神にしか使えないんだと。だからまあ、普段は綺麗なだけのお飾りだな」

「お飾り……」

「頑丈ではあるから、相手をぶん殴《なぐ》るのにはいいかもしれねーけど」

対魔神用特化、ということらしい。

「一応いろいろと試してもいいかな。本当に魔神以外には使えないかどうか」

「ああ。好きなだけやってくれ」

レベッカの許可のもと、ハルクさんは宝剣で何度も丸太を破壊した。魔力を流す、身体強化、武器に属性を付与してみる……などなど。

けれど残念ながら宝剣が剣として使えるようにはならなかった。

「悪いんだけど、ちょっと宝剣借りてもいいか？」

丸太を試し斬りしたあと、レベッカがふとそんなことを言った。

私とハルクさんは顔を見合わせ、頷く。

「もちろんです。……けどなんのために？　この剣、もしかしてまだ完成ではないんですか？」

レベッカは首を横に振った。

「そういうわけじゃねえ。その剣を見せたい相手がいるんだ」

「見せたい人、ですか」

「ああ。そうだ、良かったら二人もついてきてくれよ」

「「？」」

なんだかよくわからないけど、特に断る理由もないので私とハルクさんはレベッカについていくことにした。

店を出て移動することしばらく。

私たちがやってきたのは、街はずれの共同墓地だった。

「こんなところに墓地が……」

「ああ。この街で死んだ人間は大抵ここに埋葬されるんだ。……っと、着いた」

墓石の立ち並ぶ一角でレベッカは足を止める。

そこには一際大きな墓石が鎮座していた。定期的に手入れされているようで、あまり汚れていない。

また、他のお墓と比べてもかなり多くのお供え物が置いてある。

レベッカはまず持ってきていた酒瓶を供えた。あのお酒って……

「レベッカ。今供えたお酒って、ドルグさんからいただいたものですか？」

「ん？　ああ、そういや受け取るとこ見てたんだっけ。そうだよ、その酒だ」

やっぱりそうだ。あのこわもての鍛冶師《かじし》の取りまとめ役――ドルグさんがレベッカに渡していたものだ。

確かあの時、誰かの命日がどうって話をしていたような。

レベッカはその墓石に宝剣を立てかけ、目を閉じる。

「……」

その仕草は祈りを捧《ささ》げる修道女に似ていて、私とハルクさんは口を開くことができなかった。

どのくらいそうしていただろうか。

やがてレベッカは祈りをやめ、苦笑した。

「悪いな。ついてこさせて。意味わかんねーだろ」

「このお墓は、レベッカの大切な人のものなんですか？」

私が聞くと、レベッカは照れくさそうに頷く。

「ま、そうだな。鍛冶《かじ》の師匠で、育ての親の墓だ。先代の『神造鍛冶師《しんぞうかじし》』って言えばわかりやすいか？」

「先代、ですか」

「あたしは師匠から鍛冶《かじ》の技術を教えてもらって、『神造鍛冶師《しんぞうかじし》』の能力も継承した。これ以上ないくらい大切な人だよ」

……『神造鍛冶師《しんぞうかじし》』の能力を継承？

『神造鍛冶師《しんぞうかじし》』は、聖女候補と同じく神ラスティアから与えられる役割だ。

聖女候補の場合は生まれながらに神ラスティアから加護を与えられているとされている。聖女候補たちはある年齢になると自然に強力な回復魔術などを使えるようになるものの、生い立ちに共通点がまったくないからだ。

けれどレベッカの言い方だと、『神造鍛冶師《しんぞうかじし》』は人間の誰かからその役割を引き継いでいるように聞こえる。

「レベッカは、生まれた時から『神造鍛冶師《しんぞうかじし》』ではなかったんですか？」

「？　いや、師匠から能力を受け継いだだけだぞ。聖女候補は違うのか？」

「……違いますね」

どうやら聖女候補と『神造鍛冶師《しんぞうかじし》』は少し性質が違うらしい。

「あー……、まあでも、【鑑定】は物心ついたときからできてたな。今ほど便利なもんじゃなかったけど」

「そうなんですか」

となると生まれた時点で素質《そしつ》を持ち、さらにその時代の『神造鍛冶師《しんぞうかじし》』に認められた人間だけが次の『神造鍛冶師《しんぞうかじし》』になれる……という感じだろうか。

私がそんなことを考えていると、今度はハルクさんが口を開く。

「レベッカは、その宝剣を師匠に見せたかったんだね」

「……ああ。『神造鍛冶師《しんぞうかじし》』ってのは、宝剣を作るための存在だ。けど宝剣ってのは魔神を斬るためのもので、魔神が封印された今じゃあ誰もそんなもんを欲しがらねえ。だから、歴代の『神造鍛《しんぞうか》冶師《じし》』の中で宝剣を実際に打ったのは、あたし以外じゃ初代だけだ」

レベッカは半ば独白のように続けた。

「宝剣を打たない『神造鍛冶師《しんぞうかじし》』は、ちっと出来のいい鍛冶師《かじし》に過ぎねえ。あたしの師匠も、インチキ呼ばわりされたことがあったらしい」

「……それが、宝剣をここに持ってきた理由かい？」

「ああ。……あんたが遺した技術はちゃんと本物だったたって伝えてやりたくてな」

宝剣を作るにはイグニタイトが必要で、それは簡単には手に入らない。ロニ大森林に跋扈《ばっこ》するAランクの魔物たちを討伐し、狼人族《ろうじんぞく》をかわし、灼熱《しゃくねつ》の洞窟《どうくつ》で採掘して、そうしてようやく手に入れることができる。

レベッカの師匠も、インチキ呼ばわりされた時に、自分が本物だと証明することができなかったんだろう。その悔しさを、レベッカは自分が作った宝剣を見せることで晴らしたのだ。

「よかったですね、レベッカ」

「ああ。まあ、なんつーか……お前らのおかげだよ。ありがとな」

そう言ってレベッカは照れくさそうに笑った。

それからレベッカは凝《こ》った肩をほぐすように両腕を回す。

「ま、辛気臭い話はこのへんにして――よしお前ら、酒場行くぞ！」

「え？　酒場？」

「打ち上げだよ。宝剣もできたし、今日はめでたい日だろ？　めでたい日にゃあ酒場で飲み明かすのが常識だろ？」

そ、そうなんでしょうか。

けど、打ち上げというのはいい考えだ。今日は目的に対して大きく前進した記念日なわけだし。

私たちはレベッカに案内され、街の酒場に向かうのだった。


「あー、ごほん。そんじゃ、数百年ぶりの宝剣完成を祝して――」

「「乾杯！」」

木製のジョッキをがつんと打ち鳴らし、私たちは注文したお酒を喉に流し込んだ。

『槌人《つちびと》の憩《いこ》い亭《てい》』。

レベッカが案内してくれた酒場の名前だ。

店内は仕事終わりの鍛冶師《かじし》や鉱夫で賑《にぎ》わっており、あちこちから楽しげな話し声が聞こえてくる。

どうやらこの街ではかなりの人気店のようだ。

「ぷはーっ！　やっぱここの麦酒《ビール》たまんねーな」

「いい飲みっぷりだね、レベッカ」

「鍛冶《かじ》やってりゃあたしでもちょっとは暑いからな。そういう時のキンキンに冷えた酒ってのがまた美味《うま》いんだ」

レベッカはそんなことを言いながらさらにお酒のおかわりを追加。見ていて気持ちいいくらいの飲みっぷりだ。

ちなみにここまで冷えたお酒というのは珍しい。

なぜならお酒を冷やす際に使われる『冷石』が貴重品だからだ。メタルニアでは鍛冶《かじ》の際の熱を抑えるために、街の各所に冷石の塊《かたまり》が設置されているけど……決して安価なものじゃない。レベッカが言うには、酒場の店主たちはそれを融通してもらって、お酒を冷やすために使っているそうだ。

街の設備ということは税金で買ったもののはずだけど、それをちゃっかり利用している酒場の店主たちに誰も文句を言わないあたり、この街における冷たいお酒の価値がわかる。実際、他の客もほとんどが冷たいお酒で喉を潤《うるお》していた。

「ほらセルビアも飲めよ！　今日はあたしの奢《おご》りだからな！」

「そうですね。せっかくですから」

「あたし今日吐くまで飲むけど、三回吐いたら回復魔術よろしくな」

「一回吐いたら飲むのやめたほうがいいと思うんですが……」

レベッカのお酒好きは街の文化と特に関係ない気がする。

さて、私も飲もう。

レベッカにならってジョッキを傾ける。すると身震いするほどよく冷えた麦酒《ビール》が舌を潤《うるお》し、喉の奥へ滑り落ちていった。たまらずそのまま何度も喉を鳴らすと、あっという間にジョッキが半分ほど空になってしまう。ぷはっ、と私はジョッキの縁から口を離した。

「お、美味《おい》しい……！」

感動するほどの美味《おい》しさだ。

メタルニアは街の特性上、常に気温が高い。そんな中でこのよく冷えた麦酒《ビール》を思う存分飲むのは他に類を見ない幸せかもしれない。

「いい飲みっぷりじゃねえか、セルビア」

「これは確かに病みつきになるね……僕ももう一杯もらおうかな」

ハルクさんも驚いたようにそう言いつつ、追加注文をしている。

「お待ちどうさん、串つきの揚げ豚だよ！　熱いから気を付けて！」

「おっ、きたきた。やっぱりこれがねえとな」

店員が運んできた料理に、レベッカが待ってましたというような笑みを浮かべた。

運ばれてきたのは店員の言った通り、衣をつけて揚げた肉の塊《かたまり》に、串を刺して食べやすくしたものだ。それが大皿にどっさり盛られている。香ばしい匂いと衣から立ち上る湯気が食欲をそそる。

「これがレベッカのおすすめなんですか？」

「おう。お前ら、もぐら豚はもう食ったか？　あれの一番うまい食い方がこの揚げ串なんだ。こっちのソースをたっぷりつけて食うのが最高なんだよ」

そう言いつつ、レベッカは串を一本取って、大皿と一緒に運ばれてきたソース入りの容器にそれをつける。そして勢いよくかぶりついた。間髪入れず、レベッカはジョッキを掴んで中のお酒をぐいっと飲む。ぷはーっ！　と満足そうな息を吐《つ》いた。

……ごくり。

私とハルクさんは顔を見合わせ、同時に揚げ串を手に取る。そして口に運ぶと……

「あつっ、はふ、はぐっ」

口に入れた瞬間に、じゅわっと肉汁が溢《あふ》れてくる。下味のしっかりついたもぐら豚の肉が、濃いソースの味と絡み合ってガツンと響くような美味《おい》しさになっている。夢中で食べ終えると、濃い揚げ物を食べた口の中には強い塩っ気が残っている。

私は無言でジョッキを手に取り、中身をあおった。

「～～～～っ！」

その瞬間、今日一番の幸福感が私を襲った。

これはすごい。

キンキンに冷えた麦酒《ビール》が、揚げ串によって温度を上げた口の中を容赦なく洗い流していく。その快感は他では味わえないほどに衝撃的だ。

そこで私はある事実を理解した。

「セルビア……気付いたかい？」

「はい。これはおそろしいことです……！」

ハルクさんと短いやり取りをかわす。麦酒《ビール》を飲んだことで口の中はさっぱりしたものの、それは言い換えれば再び揚げ串を味わう準備が整ったということでもある。そして揚げ串を食べたら、また麦酒《ビール》が欲しくなるという無限ループが発生する。

おそるべし……冷えた麦酒《ビール》ともぐら豚の揚げ串の組み合わせ！

それからしばらく、私たちは夢中で食事を続けるのだった。


さて、そんな感じで冷えたお酒の魔力に取り憑かれていると……

「おや、セルビアじゃないか！　こんなところで奇遇だね！」

「……フランツさん？」

意外な人物に話しかけられた。

そこにいたのはあちこちハネた茶髪が特徴の青年、フランツさんだ。

さらにその隣には見覚えのある人物が立っている。

「……レベッカ。お前が酒場に顔を出すのは久しぶりだな」

「ようドルグさん。へへ、いいことあったから打ち上げやってんだ」

ドルグさん――レベッカの知り合いであり、メタルニアの鍛冶師《かじし》たちの取りまとめ役でもあるというあの人だ。

ドルグさんとフランツさんが一緒にいるなんて、予想外の組み合わせだなあ。

「フランツさんはドルグさんと知り合いだったんですか？」

「まあね！　ついさっきからだけどね！」

「……この酒場で一人で飲んでいたら声をかけられた。聞きたいことがあるからと」

どうやら二人は今日知り合ったばかりのようだ。

「聞きたいこと？」

「前に言わなかったっけ？　ワルド商会のことだよ！　ちょっと気になってね」

「はあ……」

そういえばそんなことを言っていたような。

ドルグさんはこの街の鍛冶師《かじし》の取りまとめ役だし、ワルド商会の話を聞くなら適任だろう。なんでフランツさんがそんなことを知りたがるのかは、いまだに知らないけど。

「セルビア、そちらの男性は？」

「知り合いなら紹介してくれよ」

ハルクさんとレベッカの二人がフランツさんを見てそう言ってくる。

あ、そっか。二人はフランツさんと初対面なんだった。

私が紹介しようとすると、それより早くフランツさんが優雅に一礼してみせた。

「初めまして、フランツです。セルビアとは馬小屋で竜に襲われているところを助けてもらった仲さ。どうぞよろしく！」

「……なんだかうちの飛竜が申し訳ないことをしたようだね。僕はハルク、冒険者だ。こちらこそよろしく」

「あたしはレベッカだ。鍛冶師《かじし》やってる」

「ハルクにレベッカか！　覚えたよ。ぼくのことも気軽にフランツと呼んでくれたまえ！」

快活に笑って二人と握手するフランツさん。

相変わらず明るい人だなあ。

「ところで打ち上げと言っていたけど……なにかあったのかい？」

「おうよ。聞きたいか？」

「是非聞かせてほしいね！　ご一緒してもいいかな？」

そんな感じでフランツさん、ドルグさんの二人も同席する流れになった。

そんなわけで事情を説明することしばし。

「ろ、ロニ大森林に行ったのかい……⁉　よく生きて帰れたね！」

レベッカが話し終えると、フランツさんが驚いたように言った。

「おうよ。まあ、あたしはあの二人についてっただけだけどな」

「私も正直そこまで……ハルクさん一人でもなんとかなったような気がします」

「いや、僕だけじゃイグニタイトまでたどり着けなかったよ」

「つまり三人ともすごいってことだね！　いやあ素晴らしい。ロニ大森林から無傷で帰ってくる人なんて聞いたことがないよ！」

相槌《あいづち》を打つフランツさん。

やっぱりロニ大森林は危険地帯として認識されているようだ。実際、私たちもハルクさんがいなかったら大変なことになっていたことだろう。

一方、ドルグさんは重々しくこう尋ねた。

「……レベッカ。宝剣を作ったのか」

「ああ。ま、今んとこなんも斬れねえナマクラだけどな」

「……そうか」

そう言ってドルグさんは大きな手をレベッカの頭にぽんと乗せた。

「な、なんだよ」

「……良かったな。ローマンが宝剣を作れず揶揄《やゆ》されていたことを、お前はずっと気にしていた。きっとローマンも喜んでいる」

頭を撫でられて複雑そうな顔をするレベッカ。この二人は『優しいおじいさんとやんちゃな孫』のような関係なのかもしれない。

「伝説の宝剣が再び世に現れるなんて、天にいらっしゃるラスティア神もお喜びだろうね！　今日はいい酒が飲めそうだ！」

「お、ひょろっちいわりにいい飲みっぷりじゃねーか！　飲み比べするか？」

「ふふふ受けて立つよレベッカ。さあさあ、潰れるまで飲もうじゃないか！」

気が合うのか、だんだんヒートアップしていくレベッカとフランツさん。

今さらだけど、フランツさんは馬小屋にいた時点ではお金を持っていなかったはずだ。支払いは大丈夫なんだろうか。

——と。

「れ、レベッカ。ちょっといいか」

「あん？」

レベッカに話しかけてくる一団があった。

服のあちこちに煤《すす》をつけた男性数人だ。鍛冶師《かじし》の人たちだろうか。

その人たちは、レベッカと視線が合うや否や——勢いよく頭を下げた。

「「今まですまなかった！」」

「……は？　なんの話だ？」

きょとんとするレベッカ。

鍛冶師《かじし》の一人が代表するように言う。

「……今まで、お前のことを避けてた。ワルド商会に目をつけられるのが怖かったからだ。あいつらがお前をインチキ呼ばわりしても否定しなかった……」

「……」

「けど、お前はへこたれたりしなかった。さっき聞こえてきたんだが、伝説の宝剣を作ったって言うじゃねえか。いくらワルド商会でも、もうお前のことを貶《おとし》めたりできないだろう。それを聞いて、ワルド商会に怯《おび》えてた自分が情けなくなってきて……」

「…………」

「許してくれとは言わない！　だが、今までみたいに見て見ぬふりはもうしない。これから俺たちはお前の味方だ。ワルド商会なんかにヘコヘコしねえ！」

まっすぐレベッカの目を見てそう言う鍛冶師《かじし》の男性。他の人たちも同意見のようで、同意するようにうんうんと頷いている。

「……あのなあ」

レベッカは呆《あき》れたように溜め息を吐《つ》いた。

「宝剣を作れたのはこの二人が材料のとこまで連れてってくれたからだ。そもそもこの二人が宝剣の欠片を見せてくれなかったら、材料がなにかすらわからなかったしな」

「そ、そうか。あんたらが……」

皆が私とハルクさんに注目する。

なにを言っていいかわからず、私はとりあえず会釈をし、ハルクさんは苦笑を浮かべた。

「それにアリスから庇《かば》ってもらえなかったことも気にしてねえよ。あんたらがあいつに逆らわねえのは、店や家族のためだろ。なら見て見ぬふりするのは当然だ」

「レベッカ……」

「ま、それで納得できねえってんなら――」

レベッカがにっこり笑って、

「げんこつ一発でチャラってことでどうだ？」

「「「…………………」」」

鍛冶師《かじし》の男性たちは頷き合い――


ゴンッガンッゴッドガッ！


「よし、これでチャラな！　もう細かいことはいいから飲もうぜ！」

「「「おうよ！」」」

頭にたんこぶを生やした男性数人がさらに同席することになった。

もうなにがなんだかわからない。なんてパワフルなやり取りなんだろうか。

しかもそのやり取りを見てか、店内の他の鍛冶師《かじし》たちもレベッカのもとにやってきて懺悔《ざんげ》し、げんこつと引き替えに許してもらう、という流れができた。

どうやら他の鍛冶師《かじし》たちもワルド商会からレベッカを庇《かば》えなかったことに、罪悪感を覚えていたらしい。


『おいレベッカ、宝剣作ったらしいな！　見せてくれよ！』

『あ？　仕方ねえなあ。汚すなよ？』

『『――なんだこれすげえ！』』

気付けばレベッカを中心に人だかりができ、完成したばかりの宝剣を取り囲んで鑑賞会が始まっている。

さすが鍛冶師《かじし》の街というべきか、世にも珍しい宝剣にみんな興味津々のようだ。

「……なんというか、レベッカはこの街の鍛冶師《かじし》に好かれているんだね」

「そうですね。なんだかこっちまで嬉しくなります」

鍛冶師《かじし》の仲間たちと笑い合うレベッカを見ながらハルクさんと言葉を交わす。

今までアリスに目の敵にされていたから気付かなかったけど、これがレベッカの本来の立ち位置なんだろう。

『これでもうワルド商会にインチキ呼ばわりされたりしねえな！』

『違《ちげ》えねえや！　なにしろ伝説の宝剣があるんだからよう』

『今ごろアリス《あの女》が悔しがって地団駄《じだんだ》踏んでるんじゃねえか？』

わははは、と飛び交う笑い声。

その後もレベッカを中心に酒場はいつまでも盛り上がっていた。

——そんな中。

「……おい、行くぞ」

「……ああ。アリス様に報告だ」

酒場の隅にいた二人。

レベッカや鍛冶師《かじし》たちの話の輪に入ろうとしなかった人たちが、こっそりと酒場から出ていくのを——私は見事に見逃した。

▽

豪奢《ごうしゃ》な内装の部屋で、女が両脇に顔立ちの整った男性二人を従えて酒を飲んでいる。

「ぷっはー！　ああ、両脇に顔のいい男を侍《はべ》らせて飲む酒は世界一ね！」

「……恐縮です、アリス様」

「酒！　男！　これ以上の快楽はこの世にはないわねえ！」

「……」

言葉少なな男に、女——アリス・ワルドはずいっと顔を近づける。

「なんだかつらそうな顔をしてるわね？　まさかこのアタシに酌するのが嫌なわけ？」

「……滅相も、ございません」

「そうよねえ？　アンタの病気の妹は、アタシが与えてる薬がなければすぐ死ぬんだし――それを思えばアタシに仕えるくらい当然よねえ」

「…………仰る通りです」

首を横に振り、無理やり笑みを浮かべる男を見てアリスは満足げに頷いた。

アリスは幼い頃から『人の弱みを見つけること』に長《た》けていた。

それはワルド商会長の娘として有用な才能だった。

競合相手の商会の弱みを握って黙らせる。

頑固な取引先の弱みを突いて交渉を成功させる。

アリスはそれ以外にはなにもできなかったが、その唯一の特技があれば十分だった。

商会の中でアリスは徐々に地位を高めていき、父から商会長の座を譲り受け、坑道都市メタルニアの実質的な支配者として君臨した。

鉱山資源という『弱み』を掌握し、メタルニアの鍛冶師《かじし》たちを従わせる。

まさしくアリスはこの街の女王だった。

けれど。


――鉱山資源の独占だぁ？　くだらねえ、勝手にやってろよ。そんなもん痛くもかゆくもねえ。

あの少女――レベッカだけは違った。酒場で、商会の用心棒たちを連れていたアリスに正面からそう言い放ったのだ。

当然アリスは用心棒に命じてレベッカを袋叩きにしようとした。

しかし返り討ちに遭った。あの女は強すぎた。特別な力を与えられた『神造鍛冶師《しんぞうかじし》』だということは、あとで知ったことだ。


――これ以上あたしらの街を荒らすんじゃねえよ、馬鹿女が。


腰を抜かすアリスにレベッカはそう言い捨て、去って行った。

アリスは衆目にさらされながら、気絶した護衛たちを放置して逃げ帰った。

あんな屈辱は初めてだった。

自分の思い通りにいかない人間を見るのも、初めてだった。

「チッ……嫌なことを思い出したわ」

ワイングラスを揺らしながら呟くアリス。

レベッカとの初遭遇はアリスにとって苦い思い出だ。

あんな女はさっさと街から排除してしまいたかったが、無理やり追い出せば街の鍛冶師《かじし》たちが反発しかねない。

よって、今まではレベッカが自分から街を出ていくのを待つつもりだった。

レベッカをインチキ呼ばわりしていたのもその一環だ。

アリスは、レベッカに対して決定的な行動に出るつもりはなかった――

「アリス様！　報告があります！」

「……ああん？　なによこんな時間に」

部屋の扉がノックされ部下が入ってくる。

部下は言った。

「先ほど酒場で気になる話が……」

「どんな話よ？」

「はい。なんでも例の少女が、伝説の宝剣を実際に作り出したと」

「……は？」

宝剣のことはアリスも知っている。つまり、『神造鍛冶師《しんぞうかじし》』だけが作れるという魔神を斬った特別な剣のことだろう。

「確かなんでしょうね？」

「……少なくともその場の鍛冶師《かじし》たちは疑っていませんでした。気になって自分も『叡智《えいち》の片眼鏡《モノクル》』で確認しましたが、鑑定ができませんでした。あれが特別な剣であることは間違いありません」

「……」

『叡智《えいち》の片眼鏡《モノクル》』で鑑定できない品。

おまけに、ここ最近のレベッカは旅の冒険者とともになにやら不自然な動きを見せていた。

（……本物の宝剣を作ったとなれば、『神造鍛冶師《しんぞうかじし》』としての箔《はく》がつく。鍛冶師《かじし》たちも強気になるかもしれない。そうしたら、うちの商会の立場は――）

アリスは少し考えて、それから一つの結論を出した。

「うん。もうアレね。面倒くさいわ」

「……はい？」

「あれどこにしまったかしら。こんなこともあろうかと作っといたやつがあったはずだけど……」

呟きながらアリスは部屋のタンスの中を漁《あさ》る。

取り出したのは握り拳《こぶし》サイズの球体と、独特な織り目の入った外套《マント》。

それを報告に来た部下に放り投げる。

「――！　これは」

「それ適当なやつに渡して使わせちゃって。できれば口が堅くて、うちの商会に入って間もないやつがいいわね。あ、使う場所はわかるわね？」

「ば、場所ですか？　いえ自分にはさっぱり……」

アリス・ワルドは人の弱みを見つけることができる。

レベッカにとって急所となり得る場所はどこか。

「あの女の『店』、吹っ飛ばしちゃって☆」

第七章　灰の中に残るもの

「大変だ！　みんな来てくれ！」

「ん？」

「なんでしょう？」

相も変わらずレベッカを中心に盛り上がり続ける酒場に、転がるように一人の男性が飛び込んできた。

相当焦っているようだ。

なにかあったんだろうか？

「おいおい、どうしたんだよ。そんなに慌てて」

入り口の近くにいた鍛冶師《かじし》の一人が尋ねる。

飛び込んできた男性は息を整えてからこう言った。

「火事だ！　レベッカの店が燃えてる！　早くなんとかしねえと取り返しがつかなくなるぞ！」

酒場に入ってきた男性の言ったことは本当だった。

本当に――レベッカの店が燃えていた。

『早く逃げろ！　煙に巻かれるぞ！』

『水魔術が使えるやつはいねえのか⁉』


集まった人たちが口々に叫んでいる。けれど坑道都市であるこの街では水場が限られており、消火活動はほとんど進んでいない。

「は、ハルクさん。どうすれば……」

「……とにかく火をなんとかしよう。このままだと周囲にも火が移ってしまう」

酒場から慌てて出てきた私とハルクさんは言葉をかわす。突然のことで、さすがのハルクさんも動揺しているのがわかる。

「ドルグ氏。この街では火事になった時の対処はどのようにしてるんだい？」

「……防火用の水樽《みずだる》を使う。それでも足りなければ水魔術、あるいは井戸まで行って汲《く》む」

近くではドルグさんとフランツさんがそんなやり取りをしている。

防火用の水樽《みずだる》、というのは店先に置かれている木製の樽《たる》のことだろう。しかし誰かがすでに使ったのか、空になった樽《たる》が道端に転がっている。

そんな状況の中――

「あ、ああ、あああっ……！」

「……レベッカ？」

レベッカは燃え盛る店を見て呻《うめ》き声《ごえ》を上げて、次の瞬間、店に向かって駆け出した。

「うああああああああっ！」

「――ッ、レベッカ！　戻ってください！」

私の制止も届かずレベッカは燃え続ける店の中に走っていく。周囲の人たちはぎょっとするけど、
私はふと思い出す。

『神造鍛冶師《しんぞうかじし》』であるレベッカには炎は効かない。

なら私がすべきことは消火のほうだ。

「セルビア、障壁魔術でレベッカの店を隔離できる？」

「わかりました。【上位障壁《ハイバリア》】！」

レベッカの店の両端に障壁を張る。これで隣の家に火が燃え移ることはない。

「あとは火か……」

「ハルクさん、他の場所から水を汲《く》んできましょう！」

「いや、その必要はないよ――【水鞭付与】」

ハルクさんが剣を抜き、そう唱えると魔力から生まれた水が剣を覆《おお》った。それはどんどん伸びていき、剣の柄を起点とした巨大な鞭のような形状に変化する。

……見たことのない技だ。ハルクさんは一体いくつ技を隠し持っているんだろう。

ハルクさんは完成した水の鞭を振るい、店の上方に届いたところで操作を打ち切る。

途端に鞭を形作っていた水が落下し、ざばっ！　と店の上部の火を消した。

「すごいです……けど、まだ火が消えてません！」

「やっぱり一回じゃ無理か。でも、あんまり勢いをつけると建物まで崩しかねないし……とにかく、消えるまで続けよう」

その後もハルクさんが水の鞭を数度使い、店を焼いていた火は消えた。

焼け跡は、酷《ひど》いものだった。

「……もっと早く来ていれば、結果も変わっていたかな」

「……ハルクさんのせいではないと思います」

火が消える頃にはレベッカの店は修復不可能なほどに焼け落ちていた。壁は焦げて倒壊し、柱も折れて、屋根も崩れている。

酷《ひど》い有り様だった。

いや、今はそれよりも……

「……」

「だ、大丈夫ですか、レベッカ」

店の焼け跡の真ん中で立ちつくすレベッカに、私はおそるおそる声をかける。炎を無効化する体質だけあってレベッカにはやけど一つない。けれどその心中は平気なわけがない。

「はは、ははは。夢だ、こんなの夢に決まってる……こんなこと、あるわけが」

「れ、レベッカ……？」

虚《うつ》ろな目でレベッカはうわごとのように言葉を繰り返している。

レベッカは笑ったままその場に落ちていた瓦礫《がれき》の一つを拾い上げた。

石材だ。倒壊の際に割れたのか、先が尖《とが》っている。――ナイフのように。

……嫌な予感がする。

「レベッカ！　それでなにをするつもりですか！」

「……決まってるだろ。こんなの、夢だ。夢に決まってる。酔《よ》いが覚めてねえんだな。酒を飲みすぎちまったのが悪いんだ。だから目を覚ますんだよ。こうやって」

「ちょっ……レベッカ⁉」

ざくっ、という音がこっちまで聞こえてきた。

レベッカが刃物のように尖《とが》った瓦礫《がれき》を自らの手首に突き刺したのだ。瓦礫《がれき》はレベッカの手首に深く突き刺さり、血がだらだらと流れ出す。

「あれ、おい、おかしいな。なんで」

「――ッ、やめてください！　ハルクさん、レベッカを止めてください！」

「わ、わかった」

予想外の事態にその場の全員が固まった。ハルクさんが駆けつけてレベッカの手から瓦礫《がれき》を取り上げ、私は慌てて血まみれの手首に回復魔術をかける。

「なんだよお前ら、邪魔すんじゃねえよ！」

「落ち着いてください！　そんなことをしてもなんの意味もありません！」

「なんの意味もないって？　そんなわけがねえだろ、だってそうしなきゃ」

「夢なんかじゃありません！　いくら自分を傷つけてもなにも変わらないんです！」

暴れるレベッカに声をかけながらも、私は混乱していた。

たぶんこの場の全員がそうだったと思う。

店を大切にするのはわかる。誰だってそうだ。

けれど、あのレベッカが――大らかで、度胸があって、気が強い彼女がここまで錯乱するなんて予想できるわけがない。

「夢じゃ、ない……？　あ、ああ、あああああっ……！」

目の前の現実をようやく受け入れたのか、レベッカがその場に崩れ落ちた。

「それにしても、どうしてこんなことに……」

「レベッカが火の不始末をしたとも思えないね。というか、この状況は事故というより――」

ハルクさんと小声でやり取りしながら焼け跡を見る。

確かにハルクさんの言う通り、ただの火事で片付けるには異様な光景だ。

というのも、壊れすぎている。

柱や壁が焼けたことによる倒壊、では説明がつかない惨状。まるで大きな爆発でもあったかのようだ。

「誰かが火の魔術を使った、ということでしょうか？」

「わからない。けど、それに近いだろうね。ただの火事でこうなったようには見えない」

つまり、放火ということだ。

「それはどうだろうね」

「フランツさん、それにドルグさんも」

人垣の中からフランツさんとドルグさんの二人がやってくる。

「どういう意味ですか？」

「少し聞き込みをしてみたんだけど、誰も怪しい人間は見ていないそうだよ。発火の瞬間を見た人はいるんだけど——」

「……『なにもない場所でいきなり爆発が起こり、火事になった』だそうだ」

「なにもない場所でいきなり……」

「うん。しかも目撃者も複数いる」

なんだかよくわからない。なにもない場所がいきなり爆発するはずがない。けれど、複数の人がその瞬間を見ているという。

発火の瞬間は見られているのに犯人の目撃証言はない。

となると、やっぱり放火ではないんだろうか？

私たちが戸惑《とまど》っていると——

「げほっ、ああ焦げ臭い。いるだけで気分が悪くなってくるわね」

「……アリス」

店の焼け跡に、数人の護衛を従えたアリスが現れた。

ハルクさんが尋ねる。

「……どうしてきみがここにいるんだい、アリス」

「やあねえダーリン、騒ぎになってたから気になって見にきただけよ？　それがまさかこんなことになっているなんて驚いたわぁ」

アリスは白々しい笑顔でそう言ってくる。

その表情はあまりにもいつも通りだった。しかし、この状況ではそれが不自然だ。

アリスはまったく動じていなかった。

なにが起こっているのか、あらかじめ知っていたかのように。

「気の毒ねえ、レベッカ。どうせ炉の火でも消し忘れたんでしょ？　そんな初歩的なミスをするなんて、『神造鍛冶師《しんぞうかじし》』が聞いて呆《あき》れるわ」

馬鹿にするようなアリスの言葉に、レベッカがぎりっと歯を嚙《か》みしめた。

「てめえ……てめえかクソ女ぁ！」

激昂《げっこう》したレベッカがアリスに突進する。普通なら腰を抜かすほどのレベッカの剣幕にも、アリスは怯《ひる》んでいる様子はない。むしろそんなレベッカを嘲笑《あざわら》うかのように平然としている。

……あれ？

今、アリスがちらっと人垣のほうを見たような……

その瞬間、私の脳内に嫌な想像が浮かんだ。

「駄目です、レベッカ！」

咄嗟《とっさ》にレベッカの腕を掴んで動きを止める。

「邪魔すんな！」

「いけません！　わからないんですか⁉　アリスはレベッカを挑発しているんです！　レベッカを『証拠もなしに暴力を振るった悪人』に仕立て上げるつもりなんです！」

「――⁉」

目を見開くレベッカに対し、アリスは馬鹿にするような笑みを浮かべた。

「あら残念。せっかく頭に血が上ったバカな女を嵌《は》めるチャンスだったのに」

アリスがそう言うと、集まった人たちの中から衛兵が二人ほど現れた。彼らはアリスを庇《かば》うように前に立つ。

「なんだてめえら！　衛兵がなんの用だ！」

「火事があったというから様子を見に来ただけだ。それより下がれ、鍛冶師《かじし》レベッカ。一方的な言いがかりでアリス様に暴行を加えるつもりなら、容赦なく投獄するぞ」

「なんだと……⁉」

レベッカが敵意のこもった視線を向けるものの、衛兵たちはその場から動こうとしない。

その奥からアリスが私に声をかけてくる。

「アンタ、セルビアだったかしら？　いい勘をしてるわね」

「……あなたのような外道に接する機会が多かったので」

アリスの表情はあまりに余裕があった。これで裏を疑わないほうが難しい。

やはりアリスはレベッカにわざと自分を殴《なぐ》らせようとしたんだろう。そしてその暴行を理由にレベッカを犯罪者に仕立て上げようとした。本来なら多少の荒事で投獄なんてされるはずがないけど、アリスが衛兵たちを賄賂《わいろ》かなにかで味方につけていた場合は話が別だ。

「くそったれ……てめえらだってあたしとアリスの関係は知ってるだろ!? こんな状況でアリス以外に犯人がいるってのか!?」

「証拠はあるのか？」

「なに？」

レベッカの怒号に衛兵は淡々と応じる。

「通行人の話では、誰もいないところで突如として爆発が起こったと聞いているぞ。加えてアリス様はこの場所にはさっき着いたばかりだ。どうやって火をつけるというのだ？」

「そんなもん、商会の手下にでもやらせればいいだろうが！」

「ならばそれを証明することだな」

衛兵は取り付く島もない。彼らがアリスのそばにいる限り、どうすることもできない。

そんな中、アリスが焼け跡を見て笑いながらレベッカに言った。

「ま、仕方ないいんじゃやない？」

「……は？」

「アンタが宝剣を作ったなんて『嘘』を吐《つ》いたから、きっと神様が怒ったんだわ。天罰が下ったのよ」

「ふざけんな！　あたしは確かに宝剣を作っ――」

レベッカの言葉を遮《さえぎ》って、アリスは囁くように言った。

「――きっと『宝剣を作った』なんて言うたびに、アンタに不幸が降りかかるわね。これから先もずうっと」

「……どういう意味だよ、それ」

「アンタは調子に乗りすぎたの。だから大切なものを失う羽目になったのよ。街の隅でコソコソ生きていれば、こんなことにはならなかったのに」

アリスの言葉は意味深だった。

いや、はっきり言ってしまおう。

これは脅《おど》しだ。

レベッカは宝剣を作った。それによりレベッカの発言力が高まるのを恐れたアリスは、こうしてレベッカの店を焼いた。

そして今後レベッカが『神造鍛冶師《しんぞうかじし》』としての力を振るったら、また今回のような攻撃を加える――そう言っているのだ。

「やっぱりてめえがやったんだな!?」

「さあ？　身に覚えがないわね。証拠出しなさいよ証拠」

嘲るように告げるアリスに、レベッカは握りしめた拳《こぶし》を震わせることしかできない。

「……くそ、くそっ……！」

「いい表情になったじゃない、レベッカ。アンタにはその負け犬みたいな顔がお似合いよ。まあ、これに懲《こ》りたらアタシに二度と逆らわないことね。あはははははっ！」

アリスはこの上なく機嫌良さそうに笑うと、巨体を翻《ひるがえ》して去っていった。

「レベッカ、その……」

「…………悪いセルビア。一人にしてくれ」

レベッカはその場に立ちつくし、それきりなにも言わなくなった。

私たちはどうすることもできなかった。

▽

「……レベッカ、大丈夫でしょうか」

宿への帰り道、私は隣を歩くハルクさんにぽつりと呟いた。

火事の現場にアリスが現れたあと、レベッカは脱力したようにその場に座り込んでしまった。私たちが話しかけても返事をしてくれず、「一人にしてくれ」と言い続けるばかり。

まるでなにもかもがどうでも良くなってしまったように。

私たちはなにもできず、その場をあとにするしかなかった。

「わからない。けど、今はそっとしておいたほうがいいかもしれないね」

ハルクさんが静かに言う。

「どうしてそう思うんですか？」

「大切なものを失った人間は頭の中がぐちゃぐちゃになって、混乱して……味方も敵に見えるようになる。心配して声をかけてくれた人に八つ当たりして、あとで自己嫌悪したりする。今のレベッカには一人で現実と向き合う時間が必要なんじゃないかな」

確信めいた言い方だった。

まるでハルクさんにもそういう経験があったかのように。

「……ですが、レベッカを放っておけません」

「そうだね。だから、僕たちはできることをしよう」

「犯人探し、ですよね」

私の言葉にハルクさんは頷いた。

「まあ、犯人は彼女しかいないと思うけどね」

「はい。私もアリスで間違いないと思います」

レベッカの店を焼いたのは、アリスだ。根拠は二つ。アリスの態度と、焼け跡の状況――爆発があったような不自然な壊れ方。

状況から見て犯人はアリス以外ありえない。

けれど問題がある。

「証拠、見つかると思いますか？」

「わからないなあ……目撃者もいなかったみたいだしね」

「そうなんですよね……」

ハルクさんと二人で頭を悩ませる。

犯人の目星はついているけど、それを示す証拠がないのだ。

衛兵がアリス側についている以上、確たる証拠がない限りアリスを裁くことは不可能だろう。

「たぶん彼も同じ考えなんだろうね」

「彼……ああ、フランツさんですか？」

「うん。『ぼくもちょっと調べてみるよ』って言ってたし」

火事現場で別れたフランツさんだけど、去り際にはそれまでとは打って変わった真剣な表情をしていた。彼も今頃アリスがやったという証拠探しをしてくれていることだろう。

「……というか、彼って結局何者なんだろう」

「さあ……」

私がフランツさんについて知っているのは、なぜかワルド商会について調べていたことくらいだ。

その理由もいまだに知らない。

謎《なぞ》の多い人物である。

けど、今はフランツさんよりアリスのことだ。

「とりあえず聞き込みをしましょうか」

「そうだね。一人くらい、犯人を見ている人がいるかもしれない」

「……少しいいか」

そんな感じで方針を固めたところで、背後から声をかけられた。

「ドルグさん？　どうしたんですか？」

そこにいたのはメタルニアの鍛冶師《かじし》たちを取りまとめているという人物、ドルグさんだった。この人とはフランツさんと同じく、火事現場で別れたはずだけど……

「……君たちに話しておきたいことがある」

「話しておきたいこと？」

「……レベッカと、ローマンの関係について。そしてあの店があの子にとってどんな意味を持っていたのか」

ローマンというのはレベッカを育てた先代の『神造鍛冶師《しんぞうかじし》』の名前だったはずだ。

重要な話だという気がした。

私とハルクさんが聞く姿勢に入ると、ドルグさんは静かに口を開いた。

「……あの子は――」

時間にして五分足らずだろう。

淡々とした話し方だった。けれど私はそれを聞いて、感情を強く揺さぶられた気がした。

「……話は終わりだ。時間を取らせたな」

「ドルグさん。なぜその話を僕たちに？」

「……あの子の気持ちを知っておいてほしかった。もっとも、君たちはそんなことをせずとも動いてくれるつもりだったようだが」

ハルクさんとドルグさんが話している。私はそれを聞き流しつつ、呟くように言った、

「ハルクさん。先に聞き込み、始めていてください」

「……？　どういう意味だい、セルビア」

「レベッカに会ってきます！」

そう言って私は踵《きびす》を返す。

「え、ちょっ、セルビア⁉」

背後からハルクさんの声が聞こえてきたけど、私はそれを振り切って走り出した。

▽

ある少女がいた。

少女には親なんていなかった。いたのかもしれないが、少なくとも彼女の記憶の中には存在しない。

少女は気付けばスラム街の一角に住んでいた。

そこは一言で表現するなら地獄だった。

ある老人は、食べるものがなく飢《う》えて死んだ。

ある子供は、薬さえあれば簡単に治る病気によって死んだ。

人間にとって当たり前の尊厳すら保証されない場所だ。

身寄りのない少女なんて十歳までもたずに死ぬのが普通。


けれど、少女は違った。

彼女には特別な『眼』があった。


それは武具の性能を判別する眼だ。彼女は意識を集中させれば、他人の持っている武器や防具の価値がわかった。

彼女は自分がなぜそんなことができるのかわからなかったが、気にはしなかった。重要なのはそれが生きることに役立つかどうかだけだ。

彼女はそれをスリの獲物探しに用いた。高価な武具を持つ人間を探し、尾行して隙を見て奪う。あとは適当に換金してしまえば食べるものには困らなかった。

けれどそれにも限界が訪れる。

「――やっと見つけたぞ、このコソ泥が」

武器を盗んだ彼女のもとに衛兵がやってきた。逃げようとしたら半殺しにされて詰《つ》め所に連れて行かれた。

彼女のもとに武具を盗まれた被害者たちが来て、返せと叫んだ。

できるわけがない。盗んだものはすべて食料や水や自衛のためのナイフに替えた。そうしなければ生き延びることができなかったからだ。

そう答えると、少女は骨が折れるほど殴《なぐ》られた。

彼女は罪人奴隷として死ぬまで鉱山で働くことが決まった。

なんとも思わなかった。

今までと同じだ。たった一人の彼女は、どこに行かされようが変わらない。地獄の名前がスラムから鉱山に変わるだけ。

そうして新しい地獄に送られる日になって、ある男がやってきた。

「お前かい、値の張る武器ばっか盗んでくって噂《うわさ》のガキは」

「……」

「なんでも見ただけで武器の良し悪しがわかるって話じゃねえか。そいつは本当か？」

妙な男だった。粗野な口調をしているが、表情はどこか人懐《ひとなつ》っこい。少女は生まれて初めて自分に敵意を抱いていない人間に出会った。

「……誰？」

「鍛冶師《かじし》だよ。名前はローマン。諸事情あって、今は後継者を探してる。で、さっきの質問の答えは？」

少女は男がなぜそんなことを聞くのかわからなかったが、とりあえず頷いた。

「そうかそうか。そりゃ面白い。お前なら継承できるかもなあ」

「……？」

首を傾げる少女に男はこんなことを言った。

「お前さ、俺の弟子になってみねえ？　衣食住くらいは保証してやるし、檻《おり》からも出してやるよ」

別に檻《おり》から出ようと出なかろうと少女にとってはどうでもいいことだ。

どこにいようと彼女にとっては変わらない。

「……わかった」

だから、少女は適当に頷いた。

そして少女の人生は一変した。

「お前、名前は？　なに？　ない？　そんじゃ今日からお前は……よし、レベッカだ！　これからはお前のことはレベッカって呼ぶから忘れるんじゃねーぞ！」

ただの少女はレベッカという名前を与えられた。

名前で呼ばれるなんて彼女にとって初めてのことだった。

「今日からここがお前の家だ。ついでに修業場だ。ビシバシしごくからそのつもりでいろ！」

坑道の中にある変わった街の家に迎え入れられた。

自分がいることが許される場所があるなんて信じられなかった。

「遅せえんだよこの馬鹿！　相槌《あいづち》入れるタイミング一つで剣が台無しになるって何度言ったらわかる！　――よし、そうだ、その呼吸を忘れるんじゃねえぞ！」

毎日のように鍛冶《かじ》の仕事を教え込まれた。

耳が痛くなるほど叱られて、それでもうまくできれば褒《ほ》められた。


気付けば。

気付けばレベッカには当たり前のように居場所があった。

他人のものを盗まなくても生きていける。

街の人が気さくに話しかけてくれる。

自分が打った武器を使った客が感謝してくれる。

そんな温かい居場所が、彼女の周囲に広がっていた。

「レベッカ、お前は立派になったよ」

「……親父」

「もう、俺がいなくても大丈夫だな」

「――、……ッ、ああ、心配いらねえよ」

ローマンは、病気だった。

『神造鍛冶師《しんぞうかじし》』の名に恥じない腕を持ちながら、寿命が残り少なかった。

彼が街――メタルニアを出て旅をし、檻《おり》の中に入れられているような得体の知れない少女を引き取ったのは、後継者探しに焦っていたからだ。

『神造鍛冶師《しんぞうかじし》』を絶やすわけにはいかない。

けれど、その力を継ぐには鍛冶師《かじし》としての特別な才能が必要だった。

魔神を討つ剣を作るに足る技量も。

レベッカを弟子にして八年。

ただの少女は、彼の後継者としてふさわしい鍛冶師《かじし》になっていた。

「お前は……俺にとって、娘みてえなもんだ。お前になら、安心して任せられる……」

それが先代『神造鍛冶師《しんぞうかじし》』の最期の言葉だった。

▽

レベッカのもとまで戻ると、彼女は私たちがいなくなった時の姿勢のままそこに立っていた。

私が近づくと、レベッカはゆっくり振り返った。

「……一人にしてくれって、言わなかったか？」

「そうですね。言われました」

「なんの用だよ」

「話があります。レベッカとローマンさんの関係、さらにこの店に関することで」

私が言うと、レベッカは顔をしかめた。

「ドルグさんから聞いたのか？」

「はい」

「……だったらもうわかるだろ。今あたしがどんな気分なのか」

「レベッカの口から聞きたいんです」

視線をまっすぐ合わせる。レベッカは溜め息を吐《つ》き、ゆっくりと話し出した。

「あたしは孤児だった。親もいねえし、金も、名前もなかった。他人の武器盗んでなんとか食いつないでた。いつ死のうが別にどうでもいいと思ってた」

「……」

「けど、親父が――ローマンがあたしを拾ってくれた。あたしの親代わりになって、名前も、居場所もくれた」

ドルグさんから聞いた話の通りだ。

レベッカはかつてスラム街に暮らす孤児だった。武器を盗んだことがばれて衛兵に捕まったところを、先代の『神造鍛冶師《しんぞうかじし》』であるローマンさんに助けられた。

ローマンさんはレベッカを実の娘のように扱った。

レベッカも同様に、ローマンさんのことを実の父親のように慕っていた。

「……あたしにとっちゃ、この場所がすべてだ」

レベッカはぽつりと言う。

「この店はあたしにとって初めてできた居場所だ。あたしの人生はここから始まったみたいなもんだ。ここがあるから、『レベッカ』でいられる。自分に居場所があるって思える。それがなくなったらあたしはもうどこの誰かもわからねえ」

「レベッカ……」

「親父はもういねえ。店も焼けちまった。なら、孤児だった頃となにも変わらねえじゃねえか。あたしはもう、これからなにをしたらいいのかもわかんねえよ」

レベッカの言葉は独り言のようで、すべては理解できない。

けれど少しは伝わってくる。

レベッカにとって、燃やされた店はただ剣や鎧《よろい》を売るための場所ではないのだ。

かつて孤児だった彼女は、おそらく自分に対する認識が希薄なんだろう。それを『ローマンの娘であること』や、『鍛冶師《かじし》であること』といった外的な要素で補強している。

それらを失うことは、彼女にとって足場を崩されるようなものだ。

人格面での補強が剥《は》がされ、何者でもなかった頃の記憶に引きずられている。

そこまで考えて。

私は率直に言った。

「それは違います」

「……は？」

レベッカがわずかに目を見開いた。

「違うって、なにがだよ」

「レベッカの考えは間違っています。大切な居場所が燃やされてしまったのはつらいことかもしれません。思い出の詰《つ》まったものが失われて、心が割れるように痛むかもしれません。ですが、それがどうしたというんですか？　そんなことでレベッカの過去がなかったことにはなりません」

「――、言ってくれるじゃねえか」

次いで、レベッカの視線が鋭《するど》くなる。

「お前にゃわかんねえよ、セルビア。この店がなくなることが、あたしにとってどんだけの重さを持ってるかなんて」

「……そうですね。私には、レベッカの気持ちを完全に理解することはできません。ですが、少しだけならわかります」

「どういう意味だよ？」

レベッカの表情が怪訝《けげん》そうなものに変わる。私は言葉を選びながら続けた。

「私は自分で言うのもなんですが、普通の人間だと思います」

「……いや、それは絶対違うと思うぞ。普通の人間は十日持つ虹色の障壁を張れたり、聖大樹の恩人とか友だちとかになったりしねえよ」

呆《あき》れたように言うレベッカに私は頷く。

「そうですね。ですが、そういう力を持っているわりに、性格が普通過ぎると思いませんか？　こんな力を持っていたら多くの人はもっと増長するんじゃないでしょうか」

「……」

「まして私は、かつて聖女候補として王都の教会にいました。あそこでは日々聖女——というよりは王妃ですが、その座を巡ってドロドロした争いが繰り広げられています。裏切り、脅迫、暴力……聖女候補たちは、他人を蹴落《けお》とすためならなんだってします。あの場所で一年も過ごせば、どんな善人でも性格が致命的なまでに歪《ゆが》んでしまうでしょう」

「教会の聖女候補って清く正しいもんじゃねえのかよ……」

「断言しますが、そんな人間はあそこにはいません」

なぜなら素直な人間から順番に脱落していくからだ。

「そんな環境で十年以上も暮らしたわりに、私はわりと一般的な性格をしている……と、自分では思っているんですが」

「そりゃ嫌なやつとは思ってねえけど。なあ、さっきから一体なんの話だ？」

「これは私の本来の性格ではない、という話です」

「……は？」

レベッカが呆気《あっけ》にとられたように訊き返してきた。

私は少しためらいながらも言葉を続ける。

「私、今はではこんな感じですけど……昔はその、わがままだったと言いますか……調子に乗っていた時期があったんです。他の聖女候補よりも力が強かったので……」

「わがまま？　セルビアが？」

「……はい」

今となっては完全な黒歴史だ。

私は物心がつく前に教会に預けられたので、最初の数年は普通の修道女として聖女候補の先輩たちのお世話をしていた。その人たちが『典型的な聖女候補』だったので、そうあるのが正しいと思ってしまったのだ。親の真似をする子供のように。

「ですが、そんな私はある聖女候補によって更生させられました」

「更生？」

「はい。彼女がいなければ、私はきっと他の聖女候補と同じく、傲慢《ごうまん》で狡猾《こうかつ》な人間になっていたでしょう」

私の言葉をレベッカが口の中で転がす。

「……聖女候補の中にもまともなやつがいたって話か？」

「そうです。彼女は十四で教会に来るまで、ごく普通の家庭で暮らしていたそうです」

当時の私の唯一の友人だった。

年が近く、もの知らずな私にいろいろと外の世界の話を語って聞かせてくれた。

また、彼女の近くにいることで、私はまともな感覚を手に入れることができた。

「彼女は私に、いろいろなものを与えてくれました。私が今のような普通の人間になれたのは、間違いなく彼女のお陰です」

私が言うと、レベッカが相槌《あいづち》のようにこう言ってくれた。

「ふうん。そりゃいい友だちだな」

「……そうですね」

私は少しだけ言葉を詰《つ》まらせ、それでもできるだけ冷静に言った。

「生きていれば、レベッカにも紹介したかったです」

「……生きていればって、まさか」

「彼女はもう死んでいます。聖女候補の役割に耐え切れず自殺しました。もう何年も前の話になります」

聖女候補は基本的に二十人から三十人くらいで祈《き》祷《とう》を行っている。

けれど聖女候補は増減する。

年をとって力を失ったり、心が壊れてリタイアしたり。

そういう場合、教会が新しい聖女候補を連れてくるまでは少人数で乗り切ることがある。少ない時は二十人を切り、その人数では誰かが連日祈《き》祷《とう》を行わないと間に合わない。

彼女は、その波に耐え切れなかった。

あっという間に憔悴《しょうすい》し、あと数日で新たな聖女候補が補充されるというタイミングで最後の一線を越えてしまったのだ。

「普通の神経では、聖女候補の役目に耐えられません。王都の教会では毎年のように自殺者が出るんですよ。死んだほうが楽なので当然かもしれませんが」

「……」

レベッカは絶句していた。

私も少し反省する。

……どうしても教会に対する恨《うら》み節《ぶし》が出てしまう。やっぱり私もまだ割り切れてはいないのだ。

「話を戻しましょう。彼女はもういません。ですが、それで彼女が最初からいなかったことにはなりません」

「……どういう意味だよ」

「レベッカも同じではないか、ということです」

息を呑んだレベッカを私はまっすぐ見据えた。

「私は彼女がいなくなっても、かつての自分に戻るようなことはありませんでした。レベッカも同じでしょう。育ての親も、大切な居場所も、思い出も、あなたに影響を与えたはずです。たとえなにがあってもそれはレベッカの中に残り続けます」

孤児だった頃と今のレベッカは明確に違う人物だろう。

ローマンさんに拾われ、鍛冶師《かじし》としてこの街で暮らしたことで、性格、考え方、口調などいろいろな変化があったはずだ。

変化を与えてくれたものがなくなっても、変化した自分がいなくなることはない。

大切な友人を失っても『普通』のままでいられた私のように。

「レベッカはどんなことがあってもレベッカのままです。だから自分の定義がどうとか、そんなことを考える必要はないんです」

「……」

レベッカは黙り込んでしまった。ただ、悪い意味の沈黙ではなく、俯《うつむ》いてなにかを考えているようだった。

私はこれ以上言い募るのはやめて、最後に必要なことを伝えておくことにした。

「私がここに来たのは、レベッカを励ますためと、未来のレベッカが後悔しないようにするためです」

「……？」

「あんなことを言ったあとでなんですが、レベッカが落ち込むのは当然だと思います。大切な居場所が奪われて平気な人なんているはずがありません。……ですが、落ち込んでいるうちにも火事を起こした犯人は証拠隠滅を図っているかもしれません」

私の言葉にレベッカがはっとしたような顔をする。

私はただこう告げた。

「落ち込んだままうずくまるか、火事の犯人を探し出してけじめをつけさせるか――レベッカはどちらを選びますか？」

そこまで言って私は踵《きびす》を返した。

言うことは言った。あとはレベッカがどうするかだ。

後ろから小さな呟きが聞こえてくる。

「……あたしは――」

▽

「あっはははははは！　傑作《けっさく》よ傑作《けっさく》！　店がなくなった時のレベッカの顔……あんなブザマな顔が見られるなんて思わなかったわ！」

自室で涙を流して爆笑するアリス。

そこにノックののち部下が入室してくる。

最近ワルド商会で働き始めたばかりの男性だ。どうやらアリスの側近は、彼女のオーダー通りの人物を実行犯にしたらしい。

「アリス様。ご命令の通り、レベッカの店を爆破してまいりました」

「誰にも見られてないわね？」

「はい。さらに使った爆薬と外套《マント》は第四倉庫に隠しました。折を見て処分すれば問題ないかと」

ワルド商会の第四倉庫は商会の中でも一部の者しか入ることができない。あそこに置いている限り、見つけられることはまずないだろう。

証拠隠滅は完璧。

あとは……

「いい仕事だったわ。アンタにご褒美《ほうび》をあげなくちゃね」

「ご褒美《ほうび》、ですか？」

「そうそう。ほら、この宝石よ。渡すからちょっとこっちに来なさいな」

「は、はい！　ありがとうございます！」

アリスが掲げる大粒の宝石に吸い寄せられるように、部下がふらふらと部屋の中央に足を踏み入れた瞬間――

「なんちゃって☆」

「――え？」

がぱっ、と急に部屋の中心に大穴が開いた。

「うわああああああああああ！」

部下が悲鳴を上げてそこに落ちていく。

「あっはははははははは！　うわあああああー、ですって！　いやあ内緒で準備してた甲斐があったわね、この落とし穴！」

アリスは一部の部下を除き、誰にも知られることなく部屋を改造していた。

一つは自分を恨《うら》む人間に対するトラップとして。アリスは自分の行いが他人に憎まれるに足るものだと理解している。だからこそ復讐《ふくしゅう》にやってきた者への対策は怠《おこた》らない。

そしてもう一つは、最近手に入った『あるもの』の性能を試すため。

「あ、アリス様！　これはどういうことですか!?　ここから出してください！」

「馬鹿ねえ。アンタが生きてたら、レベッカの店の爆破を指示したのがアタシだってバレるかもしれないでしょ？」

「初めから俺を始末するつもりだったんですか⁉」

「そういうことね。あ、でも一つだけチャンスがあるわよ。――そこにいる『コロちゃん』を倒せたら出してあげるわ」

「コロちゃん？」

はるか下方で部下が訝《いぶか》しげな声を発する。

その直後、ずるっ……ずるっ……という音とともになにかが這《は》いずる音が響いた。

音の主はまだ見えない。しかしまるで地の底から生者を引きずり込もうとするかのような禍々《まがまが》しい気配が徐々に近づいてくるのがわかる。それの体臭なのか、わずかに吸っただけで吐き気を催すほどの刺激臭が鼻を突く。

「な、なんだよこれ、やめろよ、くるな」

穴の底で部下が焦った声を上げる。それをアリスは頬杖をついて寝ころびつつ、頭上からにやにや笑って見下ろす。これから始まる最高に面白いショーを特等席から眺めるように。

『――』

「う、うわあああああああああああああああ⁉」

部下の悲鳴がとどろいた直後――ぐちゃり、と肉を噛《か》みつぶす音が聞こえた。

次いで、ごりごり、と硬いものをすり潰すような音も。

「ばいばーい。これで証拠は全滅！　あっはははははははは！」

アリスはその光景に満足したように高笑いするのだった。

第八章　フランツの正体

「うちの店を燃やしたのはアリスに違いねえ。二人とも、証拠探しに協力してくれ！」

火事のあった翌日、私とハルクさんの泊まる宿に来てレベッカはそう言った。

昨日見た時よりも表情はすっきりしているように感じる。

「それはもちろんですが……レベッカ、もう大丈夫なんですか？」

私が聞くと、レベッカはぎりりと歯を食いしばる。

「大丈夫ってわけじゃねえよ。……けど、セルビアに言われて目が覚めたんだ。まずは放火の犯人を探して落とし前をつけさせる。落ち込むのはそのあとだ」

決意を込めた目でレベッカはそう告げた。

「わかりました。私にできることならなんでも協力します」

「僕も手伝わせてもらうよ」

「悪いな、二人とも。そのうち礼はきっちりさせてもらう」

そんなわけで、私とハルクさんはレベッカの店を燃やした犯人やその証拠探しに参加することになった。まあ、レベッカに頼まれなくてもするつもりだったけど。

宿を出て三人で話し合う。

「でも、放火の証拠なんて本当にあるんでしょうか？」

「目撃者の話では、単に火をつけられただけでなく『なにかが爆発した』ということだったね。そうなると、なにか特別な道具を使った可能性がある。それを見つけられれば十分証拠になるんじゃないかな」

「なるほど。それを見つければいいわけですね」

「昨日から鍛冶師《かじし》たちが、街中で放火犯の手がかりを探してくれている。彼らの目を盗んで犯人が自由に動けたとは思えない。証拠が街の中に残っている可能性は高いと思う。レベッカ、街中で変なものが捨てられていても気付かれないような場所はある？」

「んー……それだと街外れのゴミ捨て場が怪しいな。あそこなら人も来ねえしガラクタも多いしで、ものを隠すにはぴったりだぜ」

そんなことを話していると、昨日酒場で見かけた鍛冶師《かじし》の一人がこっちに走ってくる。

「あ、いたいた！　そこのお前ら！」

「なんだよ、なにかあったのか？」

レベッカが訊くと、鍛冶師《かじし》は慌てたように言った。

「大変なんだよ。街外れのゴミ捨て場で、例の茶髪の……フランツだったたか？　あいつが妙なやつらに襲われてる！　一緒にいたドルグさんがなんとか庇《かば》ってるが、早く助けねえとやばそうなんだ！」

「「！」」

フランツさんとドルグさんが襲われてる⁉

予想外の事態だけど、放置はできない。

「こっちだ！　二人とも、ついてきてくれ！」

私たちはレベッカの案内のもと、ゴミ捨て場まで急行した。


「どけ、老人。我らの狙いはそちらの男のみ。これ以上抵抗するなら死んでもらうぞ」

「……引くのはそちらだ、黒ずくめども」

「彼らの言う通りです、ドルグ老！　ぼくのことはいいから逃げてください！」

「……馬鹿を言うな、フランツ。この状況で自分一人逃げ出せるものか」

ゴミ捨て場の奥では、ドルグさんがフランツさんを庇《かば》って傷だらけで立っていた。その視線の先には黒装束に身を包んだ謎《なぞ》の三人組が立っている。覆面をしているため顔立ちは判然としない。

「——悪いけど、そこまでにしてもらおうか」

「うぐっ！」

「がはあっ！」

ハルクさんが割り込んで黒装束の男二人を秒殺する。みねうちとはいえ威力は凄まじく、吹き飛ばされた二人は勢いよくゴミ山の中に突っ込んで気を失っていた。

「な、なんだ貴様は!?」

「その二人の知り合いだよ。そういうきみは何者だ？」

ハルクさんの問いに一人残った黒装束の人物は周囲に視線を走らせつつ答える。

「……あいにく、答える義理はないな。それに貴様と剣を交えるのはまずそうだ。ここは引かせてもら――」

「【聖位障壁《セイクリッドバリア》】！」

「うごぁ!?」

逃げようとしていたので退路を障壁魔術で塞《ふさ》いでみた。正面から障壁に当たった黒装束の人物はよろめき、追いついたハルクさんが剣を相手の喉元に当てて動きを封じる。

「大人しくしてもらおうか」

「ぐうう……っ！」

ハルクさんにかなわないと悟ったか、黒装束の人物は抵抗をやめた。

「おい、こっちにロープがあるぜ。今のうちに縛っちまおう」

「そうですね」

レベッカがゴミ捨て場に落ちていたロープを見つけてくれたので、最初にハルクさんが吹き飛ばした二人も含めて拘束《こうそく》する。

さらに怪我《けが》をしているドルグさんとフランツさんも治療する。

「【ヒール】。はい、これで大丈夫ですよ」

「……回復魔術が使えるとはな。助かった」

「ありがとう、三人とも。みんなが来てくれなかったらまずかった」

ドルグさんとフランツさんが口々にお礼を言ってくる。それはいいんだけど……

「それで、きみたちはなぜ二人を襲っていたんだ？」

「フン、口は割らんぞ。拷問でもなんでもやってみるがいい」

唯一意識のある黒装束の男はそう吐き捨てた。ハルクさんが目を細める。

「試してみるかい？　体の端から切り刻まれていつまでその態度を続けられるか」

「――ッ」

ハルクさんの発する迫力に気圧《けお》される黒装束の男。

「……なあセルビア、ハルクって実は結構ヤバいやつか？」

「いえ、あれはたぶんハッタリです。ハルクさんが本気で怒ったらもっと怖いですよ」

「……やめて二人とも。そういうのは雰囲気が壊れるから」

怒られてしまった。

「ハルク、その男をいくら脅《おど》しても無駄だよ。口を割るはずがない。なぜなら彼は闇ギルドの一員だからね」

「闇ギルド……!?　それは本当か!?」

「本当だとも。彼らはぼくの父が差し向けてきた刺客だよ」

「そんな、闇ギルドをけしかけられるなんてきみは一体何者なんだ⁉」

フランツさんの言葉に目を見開くハルクさん。

私とレベッカはすっかり話に置いて行かれている。

「あの、闇ギルドというのは？」

「簡単に言えば、金さえ積めばどんな汚れ仕事でも請け負う犯罪者集団だよ。どこの国にも属さず野放図に振る舞っている。一説によると、一国の王さえ暗殺してのける戦力を持つとか」

ハルクさんの話を聞く限りとても危険な集団のようだけど……なぜそんな人たちがフランツさんを狙うんだろうか？

私たちが揃《そろ》って見つめると、フランツさんは溜め息を吐《つ》いた。

「……こうなっては仕方ない。ぼくの正体を明かそうじゃないか！　調査にも行《い》き詰《づ》まっていたことだしね！」

そう言って懐から紋章を刻んだ金属製のペンダントを取り出す。

それを見て私は目を見開いた。

この紋章は……！

「改めて名乗ろう！　ぼくの名前はフランツ・エドワルト。メタルニアを含む一帯を治める大領主エドワルト家の息子さ！」

「「「えええええっ⁉」」」

ドルグさんを除く全員が驚きの声を上げる。

「し、信じられるかよ！」

「いや本当だよ、レベッカ。そのへんの青年が闇ギルドに狙われるわけないじゃないか。ほら、この紋章が証拠だ」

「ちょ、ちょっと見せてください」

私がペンダントを見ると、そこに刻まれているのは翼を広げた鷲《わし》と雲を描いた紋章だ。

教会での教育でこの国の名家には詳しいけど、これは四大領主の一つであるエドワルト家の家紋で間違いない。

「本物です……私、教会でこの紋章の図柄を見たことがあります」

「教会か。ということはやっぱりセルビアは聖女候補なのかい？　回復魔術を使っていたし」

「元ですけどね」

フランツさんの言葉に頷きを返す。

なんにしても、フランツさんの言葉は嘘じゃないだろう。

ここまでのやり取りを聞いていたハルクさんが首を傾げる。

「フランツの言葉を信じるとして……それでどうしてきみが闇ギルドから狙われることになるんだい？　それにさっき、父親に刺客を差し向けられたと言っていなかった？」

「そのことについては少し長くなるんだがね。――ことの発端は、我が父が北方の帝国と通じていたことだ。王都にあるうちの別邸でやり取りしているのを偶然聞いてしまってね」

北の帝国って……確か少し前までうちの国と戦争をしていた国だっけ？

どうしてそんな国とエドワルト家がかかわりを持つことになるんだろう。

「聞いてしまったって、なにをですか？」

「このメタルニアで武器を作らせて、エドワルト家経由で帝国に届けるという契約を、さ」

その言葉にドルグさんが唖然《あぜん》とした。

「そんな話は聞いていない！　よりによってこの街の武器を敵国に流すなど……！」

「落ち着いてくださいドルグ老。武器を作成してるのは個人の鍛冶師《かじし》ではありません。ワルド商会に所属する鍛冶師《かじし》たちなのです」

ここでワルド商会が絡んでくるのか。

そういえばフランツさんは最初からワルド商会のことを調べていたっけ。

「順を追って話そう。うちの父は四大領主でありながら、さらなる富を求めて帝国と手を結んだ。取引の内容は、メタルニアから産出される良質な魔力鉱石を使った武器を提供すること。その計画のため、父はワルド商会に協力を要請した。国王から預かっているユグド鉱山の採掘権を与える代わりに、武器を作ってこっそり送るようにってね」

「……フランツ。北の帝国がメタルニアの武器を欲しがっているということは――」

「おそらく君の察しの通りだよ、ハルク。帝国は武器を得てこの国との戦争を再開するつもりなのさ」

メタルニアを擁するユグド鉱山や周囲一帯からは良質な魔力鉱石が採れる。それを用いた武器はよそのものとは一線を画する性能を得る。その武器を大量に揃《そろ》えられれば戦争の行方すら左右するだろう。

「待てよフランツ！　ってことはワルド商会が鉱石の値段を上げまくってたのはそのためか!?」

「だろうね。鍛冶師《かじし》たちから鉱石を実質的に取り上げて、父に指示された武器の材料にしていたんだろうさ」

「ふざけんなよ！　そんなことのために、あたしたちの街は……ッ」

レベッカが手近なゴミ山を殴《なぐ》る。その表情には悔しさが滲《にじ》んでいる。

「話の続きだ。ぼくはその計画を止めるために父の悪事の証拠を掴もうと考えた。ぼくの証言だけじゃあ、王国に訴えるにはさすがに根拠が弱すぎるからね。けれど屋敷や別邸からはなにも出てこない。仕方なく、この街でワルド商会と父との密約を証明するものを探そうとしていたわけさ」

「それでフランツさんはワルド商会のことを聞いてまわっていたんですね」

「そういうことだよ、セルビア」

フランツさんの話をまとめてみよう。

・エドワルト伯はワルド商会を巻き込んで、北の帝国に加担しようとしている。
・エドワルト伯の悪事を放置すれば北の帝国によって戦争が再開されてしまう。
・フランツさんはそれを止めるためにこの街に来た。

……なんだか急に規模の大きな話になってきた。

レベッカが疑問を発する。

「けどよ、フランツ。本当にこの街に証拠なんてあるのか？」

「確証はなかったけど、闇ギルドの襲撃で確率は高まったね。見られて困るものがないのに、闇ギルドなんて雇う必要はないわけだし」

そう言ってからフランツさんは私たちを見た。

「……さて、今の話を踏まえてみんなに頼みがある。どうかぼくに協力してほしい。ついでに言うと、ぼくの考えが正しければ、その過程でレベッカの店に放火した犯人やそれにつながる手がかりが見つかるはずだ」

「「「！」」」

レベッカの店に火をつけた犯人への手がかり⁉　フランツさんはなにか掴んでいるんだろうか。

「どういうことだよ、フランツ！　お前なにか知ってるのか⁉」

詰《つ》め寄るレベッカにフランツは頷く。

「ワルド商会の建物を張り込んだ時に、一つ怪しい建物を見つけたんだ。そこの建物だけには日中出入りが一切なかった。それなのに警備が妙に厳重なんだ。まるで後ろ暗いことでもあるみたいにね。あそこがいかにも怪しい」

「どんな建物だ⁉」

「確か『第四倉庫』とか呼ばれてたよ」

どうやらワルド商会の敷地内に怪しい場所があるようだ。そこに見つかると困るものを隠しているのだとすれば、レベッカの店に放火した証拠も出てくるかもしれない。

……ん？

「あの、フランツさん。それならどうしてその第四倉庫じゃなく、ゴミ捨て場になんか来てるんですか？」

「よくぞ聞いてくれたセルビア。実はぼく、荒事はからっきしでね。正直ワルド商会に一人で乗り込むなんてできっこないのさ。だから仕方なく他になにかありそうな場所をうろうろしてたんだよ」

「そ、そうですか」

なんだか思ったより残念な理由だった。

ハルクさんが少し考えてからこう提案した。

「それならこうしよう。僕、セルビア、レベッカ、フランツでその第四倉庫に侵入する。ドルグさんには念のため鍛冶師《かじし》たちを指揮してもらって、街のほうに放火犯の手がかりがないか探してもらえるとありがたいのですが」

「……いいだろう。その第四倉庫でなにも見つからん可能性もあるしな」

ドルグさんはこころよく請け負ってくれた。人数頼みでの調査は、この街の鍛冶師《かじし》の信頼を集めるドルグさんにしかできないことだ。

「正面からワルド商会に殴《なぐ》り込《こ》むのか？」

「それはあくまで最終手段だよ、レベッカ。まずは潜入だ」

「ハルクさん、潜入といっても私あんまり自信がないんですが……」

「そのあたりは考えがあるから大丈夫」

ハルクさんにはなにか考えがあるようだ。

ワルド商会に潜入するのは夜がいいということで、私たちは日中、放火犯の手がかりを求めて街中を探すことにした。


夜。

静かになった街の中を、私、ハルクさん、レベッカ、フランツさんの四人で移動する。

「ここがワルド商会ですか」

「ん？　セルビアは初めて見るんだったか？」

「近くに来たのは初めてですね」

ワルド商会の敷地はかなり広く、建物の入り口には夜だというのに見張りが立っている。

「第四倉庫は建物の裏だよ。で、ハルク。ここからどうやって潜入するんだい？」

「こうするのさ。――【気配遮断】」

ハルクさんがそう告げると、私たち四人の周囲をうっすらと魔力の膜が覆《おお》った。これって……狼《ろう》人族《じんぞく》のルガンさんたちが使っていた気配を消す技術？

「これで僕たち四人の気配は認識されなくなった。この状態なら見張りの目の前まで行っても気付かれないと思うよ」

「そ、それは本当かい？」

「うん。試しに見張りの前に行ってみても……ほら、気付かれない」

ハルクさんが実演するようにワルド商会の見張りの前に歩いて行っても、見張りはなにも反応しない。フランツさんやレベッカがやっても同様だ。どうやら本当に私たち四人の姿は見張りに認識されなくなっているようだ。

ここで、「狼人族《ろうじんぞく》のルガンさんたちは【気配遮断】を自分にしか使っていなかったはず」なんて言い出すのはおそらく無意味なことだろう。ハルクさんには常識は通じないのだから。

「こうすれば問題なく潜入できるよ。まあ、足音や話し声でバレる可能性はあるから、慎重に動く必要はあるけどね」

「「了解（しました）」」

足音を殺しながら、ワルド商会の敷地内に侵入する。

見張りとは別の巡回のワルド商会員を避けつつ建物の裏手に回る。するとそこには四つの倉庫があった。一番端のものに近付くと『第四倉庫』と書かれている。

第四倉庫には、他の倉庫にはなかった特徴がある。

「……扉になにか取り付けられてますね」

「そうだね。あれは……『呪文金庫《スペルセーフ》』に近いものか。決まった数字を順番通りに入力しないと開かない仕組みだろうね」

呪文金庫というのは、最初に設定した合言葉を言わないと開かない特殊な扉のことだ。第四倉庫の扉には一～九の数字が刻まれた出っ張りがあり、あれを設定した順番通りに押さないと開かない仕組みになっているようだ。

フランツさんは第四倉庫の警備が厳重だと言っていたけど、確かにあれは厄介《やっかい》だ。

「また面倒臭そうなもんを……いっそパスワードが当たるまで適当に打ち込むか？」

「やめたほうがいいと思うよ、レベッカ。あの手のものは一定回数失敗すると警報が鳴るようにしてあることが多い。【気配遮断】なんて関係なく一発アウトだよ」

「じゃあどうすんだよ……」

「ふっふっふ、ここはぼくの出番のようだね」

困り果てる私たち三人に対し、フランツさんは余裕ありげな表情をしている。

「フランツさんはあれをどうにかできるんですか？」

「ぼくが、というより家から拝借してきたアイテムが、だね。というのも、この『神知の片眼鏡《モノクル》』なら鑑定したアイテムの詳細を知ることができるのさ」

「――『神知の片眼鏡《モノクル》』!? それは本当かい!?」

反応したのはハルクさんだ。

「ハルクさん、『神知の片眼鏡《モノクル》』というのを知っているんですか？」

「簡単に言うと、『叡智《えいち》の片眼鏡《モノクル》』の上位互換だよ……！」

「『叡智《えいち》の片眼鏡《モノクル》』は、冒険者ギルドの鑑定係の人が持っていたりするものですよね」

提出されたアイテムが偽物じゃないか、といったことを見抜くためのものだったはず。

「そうだね。それよりさらに鑑定機能が高いのが『神知の片眼鏡《モノクル》』だ。とても希少で、持っている人なんて世界に数えるほどしかいないはずなんだけど……」

ハルクさんの瞳には信じられないというような色が浮かんでいた。

Sランク冒険者として世界を渡り歩いたハルクさんがこんな反応をするのだから、おそらく相当貴重なものなんだろう。

「わがエドワルト家の家宝というやつさ。これならパスワードなんてすぐにわかるとも」

フランツさんは『神知の片眼鏡《モノクル》』をかけ、扉に手をかざす。すると目当ての情報がすぐに手に入ったのか、パスワードを入力してあっという間に第四倉庫の扉を開けてしまった。

「本当にあっさり開きましたね」

『神知の片眼鏡《モノクル》』を使うと、基本的な鑑定結果の他にも、最後に使用された時のことが映像で見えるんだ」

「へえ～」

なんて便利な。というかこのアイテム、一体どういう仕組みになっているんだろう？

「さあ、中に入ろう。この中にきっと重要な手がかりがあるはずさ」

フランツさんに続き、私たち三人も第四倉庫の中に足を踏み入れた。

倉庫の中は大量の棚によっていろいろなものが保管されていた。街で採集してきたアカリゴケを光源に、四人で手分けをして内部を探し回る。

「……んん？」

私はある感覚を察知して倉庫の中を移動する。

この感覚って……魔神の気配!?

なんでこんなところに!?

そちらに歩いていくと、倉庫の隅に大きな檻《おり》があった。魔神の気配はそこから放たれている。

檻《おり》の中にはなにもいない。

つまり、この中に入れられていたなにかが魔神の気配を残したということだろう。

「アンデッド系の魔物でも捕獲していたんでしょうか……？」

事情がさっぱりわからない。そんなものを運ばせてどうするつもりなのか。

「おい、これ見てくれ！」

「僕も怪しいものを見つけたよ」

レベッカとハルクさんがそれぞれ声を上げる。

いったん四人で集まり、二人が見つけたものを確認する。

レベッカが持ってきたのは――

「なにかの容器と、外套《マント》ですね」

「ああ。この容器が怪しい。あちこち焦げてるしな。それにこの装備品……あたしの見たとこ、妙な能力がついてやがる」

レベッカは『神造鍛冶師《しんぞうかじし》』の能力で装備品の詳細を知ることができる。その力で外套《マント》の性能を確認したらしい。

「妙な能力というのは？」

「透明化の能力だ。これを身につけてる間、周りから見えなくなる」

「！」

「ふむ。レベッカ、ちょっと見せてくれるかい」

フランツさんが『神知の片眼鏡《モノクル》』で容器と外套《マント》を鑑定する。

そしてフランツさんは重々しく頷いた。

「間違いない。これはレベッカの店を燃やした犯人が使っていたものだよ」

「やっぱりか……！　ここにこれがあったってことは、アリスが犯人で間違いねえな」

「そう断定するに足る証拠だろうね」

レベッカの瞳に炎が宿る。今にもアリスのもとに突撃しそうな勢いだ。

それを止めたのはハルクさんだ。

「レベッカ、アリスのもとに向かうのは少し待ってほしい」

「ふざけんな！　証拠も見つかったんだ、これ以上我慢なんてしてられるか！」

「今のままだとアリスに言い逃れされる可能性がある。そうだね、たとえば……『これはレベッカがアタシに罪を着せるためにでっち上げた偽物の証拠だ』なんて言われてね」

「あー……」

私は思わずげんなりしてしまった。アリスがその台詞《せりふ》を口にする姿が目に浮かぶようだ。

「だったらどうしろって――」

「落ち着いて、レベッカ。僕の見つけたこれがあれば、アリスの逃げ道を塞《ふさ》げるかもしれない」

「なに？」

ハルクさんが見つけたのは、文字の書いてある木片だ。木札を真ん中から折ったような形をしていて、文字が左半分しか残っていないのでなにが書かれているのかは不明。

さらにハルクさんは、なにかのリストらしき書類を私たちに見せた。

私が確認する前にフランツさんがそれを慌てたようにひったくり、食い入るように見つめる。

そしてフランツさんは目を見開いてこう言った。

「……確かに、これならアリスを追《お》い詰《つ》められるはずだ。確実に！」

▽

アリス・ワルドは商会の建物内にある私室でペットの餌やりをしていた。

「コロちゃん、いっぱい食べて大きくなるのよ～！」

『……』

餌やりといっても、私室の真ん中に空いた穴から餌を落とすだけだが。

信頼できる部下に運ばせたもぐら豚の肉、およそ二頭分をひたすらぼとぼと落としていく。下から咀嚼音《そしゃくおん》が聞こえてくるので、どうやらお気に召したようだ。

アリスがそんなふうに過ごしていると、部下が部屋の扉をノックしてきた。

「失礼します。アリス様を訪ねてきた者たちがいるのですが……」

「？　今日はアタシにアポ取ってたやつはいないはずだけどぉ？」

「一人はレベッカ、それから残りは旅人のようです。金髪の少女に銀髪の青年、それから茶髪の青年が一人」

「……へーえ？」

アリスはそれで相手が誰なのかピンときた。茶髪の青年というのは心当たりがないが、レベッカ以外の残り二人は少し前からメタルニアに滞在している冒険者だろう。

（放火の件でアタシを糾弾しにきたのかしら？　……けど妙ね、あれからもう何日も経ってるのに今になってだなんて）

正直アリスは、レベッカの性格ならすぐにでも殴《なぐ》り込《こ》んでくると思っていた。だから実行犯の男を急いで『処分』したのだ。しかし放火からすでに何日も経っている。

てっきりレベッカの心はすっかり折れてしまったと思っていたが……

「まあいいわぁ。もう一度会って直接心をへし折ってあげるのも面白そうだし♪」

アリスは邪悪な笑みを浮かべてそう言った。

そのまま部屋を出て商会の一階へと向かう。

するとそこにはやはりあの忌々《いまいま》しいレベッカの姿がある。

金髪の少女は確かセルビアといったか。さらにハルクの姿もある。彼らの隣に茶髪の見覚えのない青年もいた。茶髪の青年の正体は気になるが、そっちは後回しだ。

「来やがったな、アリス……！」

「朝っぱらからなんの用かしら、レベッカ？　まさかまた放火の件？」

「そうに決まってんだろ」

アリスはわざとらしく肩をすくめた。

「アタシが犯人だっていうなら言いがかりも甚だしいわよ？　そりゃ確かにアンタのことは嫌いだったけどぉ、だからって放火なんてするわけないじゃない？」

「……」

「あらなによその目。疑うってんなら証拠出しなさいよ証拠！　あればの話だけど！」

アリスは内心でニヤニヤと笑っていた。

さあ、糾弾でもできるものならしてみろ。証拠はもうない。言いがかりをつけようものなら、即刻言い負かして懇意《こんい》の街の衛兵にでも突き出してやる。

「ほらほら早く出しなさいよ！　アタシが放火犯だって言うならその証拠ってのを――」

ドサッ。

レベッカが投げ捨てるように床に落としたのは、見覚えのありすぎる、爆薬が入っていたはずの容器と姿を消すことのできる外套《マント》だった。

一気にアリスの体から冷や汗が噴き出る。

「な、な、なっ……なんでこれをアンタが⁉」

ありえない。これは商会の中でもごく一部の者しか入れない第四倉庫に隠していたはずだ。遠方に取引に行く際にでも持って行って処分しようと考えていたそれが、なぜこんなところにあるのか。

焦るアリスを睨《にら》みながら、レベッカはボキボキと指の骨を鳴らした。

「おら、証拠出してやったぞバカ女。……あたしの店を焼いたからには、相応の覚悟はできてんだろうな？」

アリスは悟った。

この女は確信を持って自分を追《お》い詰《つ》めに来ているのだと。

▽

ワルド商会の第四倉庫で放火の証拠を見つけた私たちは、ひとまずそれを持ち帰った。翌日、よく似た偽物をレベッカが『神造鍛冶師《しんぞうかじし》』の能力全開で作成し、もともと本物があった場所に置いた。

私たちが放火の証拠を押さえたとアリスに気付かれないようにするための工作である。

その後数日かけてある仕込みを終えた私たちは、満を持してワルド商会を訪れた。

「おら、証拠出してやったぞバカ女。……あたしの店を焼いたからには、相応の覚悟はできてんだろうな？」

そして現在、放火についてとぼけたアリスにレベッカが証拠を叩きつけたところである。

「なんでアンタがそれを持ってるのよ……!?　ありえないありえない……！」

アリスは焦りのあまりか目が泳ぎ、ブツブツとなにか呟いている。

『おい、これどういう状況だ？』

『どうもレベッカの店に火をつけた証拠がワルド商会から出てきたらしいぞ』

『本当か⁉　それじゃあやっぱりレベッカの店を焼いたのはアリスだったのか……！』

建物中にいた鍛冶師《かじし》や街の人間が集まってくる。それにも気付いていない様子でアリスはレベッカに詰《つ》め寄った。

「あ、アンタ、それをどこで拾ったわけ？」

「１０４１１０３４４６２１」

「⁉　その番号は……！」

「拾ったんじゃねえよ。これは見つけたんだ。ワルド商会の第四倉庫でな」

アリスの顎《あご》が真下に落ちた。

「そ、そんなことができるはずがないわ！　だいたい人んちの倉庫になに無断で入ってるのよ⁉」

「はっ、そっちがやったことを考えてみろよ。今さら倉庫に忍び込んだことくらいなんだってんだ。……こっちの容器は爆薬の外殻。外套《マント》は透明化の効果がある。てめえはこの二つを使ってあたしの店を焼いたんだ」

「――ッ」

反論の言葉が出てこずに歯噛《はが》みするアリス。

しかし彼女はすぐに取《と》り繕《つくろ》うように言った。

「……ふふ、あははははっ！　くだらないハッタリはやめなさいよ。アタシの商会の倉庫でそれが見つかったなんて証拠がどこにあるわけ？」

「ああ？」

「どうせそれはアンタが適当に用意したものでしょ⁉　アタシに濡れ衣を着せるためにさあ！　それがうちの倉庫から見つかったって言うならその証明をしてみなさいよ！」

予想通りアリスが面倒な言い逃れを始めた。

それに対して私やハルクさんと同じく、ことの経緯を見守っていたフランツさんが前に出る。

「失礼、アリス・ワルド氏。ぼくの話を聞いていただけるかな？」

「あらなにかしら茶髪のダーリン？　アタシと恋仲になりたいって相談なら大歓迎よ」

「自己紹介をさせてもらおう。ぼくの名前はフランツ・エドワルト」

すごい。フランツさんはアリスの奇怪な言動にまったく動じてない。

「この地を預かるエドワルト家の長子だ。この街には現エドワルト家当主の父と君が企てている悪事を暴くために来た」

「え」

固まるアリスに「これが証拠だよ」と家紋入りのペンダントを提示する。アリスはそれをひったくるようにつかみ取り、凝視《ぎょうし》してから唖然《あぜん》とした。

「ほ、本物のエドワルト家の証じゃない……！」

「信じてもらえたようでなによりだ。レベッカたちの調査にはぼくも同行した。正式な監査の一環としてね。その際、この『神知の片眼鏡《モノクル》』で鑑定した結果、その容器と外套《マント》は間違いなくレベッカの店を焼くために使われたものだと判明した。我がエドワルト家の名に誓《ちか》って、これが事実だと告げさせてもらう」

「な、なんですってぇええええ!?」

状況が一気に変わる。

ことはレベッカの言いがかりでは済まなくなった。フランツさんがレベッカの発言の真実性を保証した以上はそれを疑うことはエドワルト家に盾突くということだ。アリスの言い訳を封じるもっとも効率的な手段である。

「で、その時にこれも見つけた」

フランツさんが取り出したのは、真ん中から割られた木札と数枚の書類。倉庫で放火の証拠品とともに回収していたものだ。

「エドワルト家の紋章が刻まれた割符に、取引した武器のリスト。これはワルド商会が父と通じていた証拠になる」

「そ、そんなものまで……！」

「武器の生産を行っていたのはワルド商会所属の鍛冶師《かじし》ばかり。君は父とグルになり、預けられた採掘権によって魔力鉱石を独占し、父との悪事のために武器を量産していたんだ。――北の帝国に武器を流出させ、戦争を引き起こそうとしてね」

その言葉を聞いて商会の中にいた鍛冶師《かじし》たちの目がつり上がる。

『ってーことはなにか？　ワルド商会は自分たちのために鉱石の値段を引き上げてたってことか？』

『しかも戦争を引き起こすとか言ってたぞ』

『ふざけやがって、このクソ女!!　俺たちの国を売るつもりか!?』


ロビーにいた鍛冶師《かじし》や街の人間たちが怒声を上げる。商会の職員が慌てて止めようとするが止まらない。この街の人間はずっとワルド商会の横暴さに辟易《へきえき》してきたのだ。それがとうとう抑えられなくなっている。

アリスは引きつった笑みを浮かべると、懐から魔晶石《ましょうせき》を取り出した。

「……な、なにやら誤解があるようねえ？　アタシたちが武器をエドワルト伯に送っていたのは、もちろんこの国のことを思ってのことよぉ？　すぐに証拠を見せるわ」

おそらくエドワルト伯にさりげなく事情を認識させ、口裏を合わせるつもりだろう。この規模の計画なのだからそのくらい想定していてもおかしくない。

そう言って魔晶石《ましょうせき》を使って空中に映像を出現させる。

「エドワルト伯！　言ってやってくださいな！　アタシは国を売ったりしていないと――」

『アリス・ワルド様ですね？　すでにエドワルト伯は我々王立騎士団が拘束《こうそく》しています』

「え……へ、あ？」

アリスが唖然《あぜん》とする。

映し出されたのは甲冑《かっちゅう》をまとった騎士だった。映像の背景はどこかの貴族の邸宅のようだが、肝心のそこの主がいない。

『この魔晶石《ましょうせき》はエドワルト伯を捕縛する際に押収いたしました。彼はあろうことか他国と通じ、戦争を企てていたので、現在は王城の地下牢に入っていただいています』

「な、なんでそんなことになってるのよ……⁉」

『数日前、セルビア様とハルク様から国王様に連絡があったのです。エドワルト伯の悪事に関する情報提供が』

「――――ッ！」

アリスが私とハルクさんを見る。

……まあ、そういうことだ。

レベッカに殴《なぐ》り込《こ》みを数日間我慢してもらっていたのはこのためだ。

ワルド商会の第四倉庫で割符などを見つけたあと、私たちは魔晶石《ましょうせき》で国王様に連絡し、ことの次第を報告した。闇ギルドとかかわりを持っていたことも説得力を増す要因になった。そして国王様が騎士団を派遣してエドワルト伯の身柄を確保、その時に北の帝国やワルド商会との関係性を示す証拠もいくつか押収されている。

罪人となったエドワルト伯には今やなんの権力もない。

これにより、アリスがエドワルト伯を頼ってすべてうやむやにする、という逃げ道も塞《ふさ》ぐことができたわけだ。

『アリス・ワルド様。すでにメタルニアにも騎士が派遣されています。重要参考人として王都に出頭していただきますので、ご準備を済ませておかれますよう』

騎士が一方的にそう言うと、プツッ、と音を立てて映像が途切れた。

「そんな……そんなことがあるわけ……このアタシが、罪人だなんて……」

アリスが虚《うつ》ろな目でなにもなくなった虚空を眺める。

そんなアリスのもとにレベッカがゆっくりと近づいていく。

「……で、アリス。なんか釈明はあるか？」

「……」

ゆっくりとアリスは顔を上げた。

それから、ものすごい形相で私たち全員を睨《にら》む。

「許さない……許さないわよアンタたち。この街はアタシのものよ。アタシが好きにしていいに決まっているでしょう！　それをネチネチネチネチ鬱陶《うっとう》しいったらないわ！　この街の支配者はアタシなんだから、アタシのやることに文句つけてんじゃないわよ!!」

唾を飛ばしながら叫ぶアリスは明らかに冷静さを失っている。

「違う。この街はてめえのもんじゃねえ」

「うるさいのよ、鍛冶師《かじし》風情が！　『神造鍛冶師《しんぞうかじし》』なんて呼ばれてるからって調子に乗るんじゃないわよ！」

不意に私はぞくりと背筋を震わせた。

嫌な感覚がする。

今まで嫌気が差すほど感じてきた気配。

「おいで、コロちゃん！　アタシの邪魔をするやつをみんな食い殺しちゃいなさいッ！」

だん！　とアリスが地面を踏みつける。

それを合図にしたように地響きがする。

同時にさっきから感じていた気配――魔神の妖気《ようき》が強まっていく。

「うおっ、なんだ⁉」

「地面が揺れてる……⁉」

「全員建物の外に避難！　位置的に難しければ壁際に退避するんだ！」

レベッカ、フランツさん、ハルクさんの順に叫ぶ。

直後、床を突き破ってそれは現れた。

『『――ガルアアアアアアアアアアアアアアアアアッ‼』』

それは体高二Mはあろうかという犬型の魔物だった。ただし全身の肉は腐《くさ》り果て、口元からは毒々しい色の唾液がだらだら零れている。頭部は三つもあり、その一つ一つに金色の首輪がつけられている。

「あっはははははははは！　コロちゃんが来たからにはアンタたちはもう終わりよ！　みんなコロちゃんに食われて死ぬの。骨も残さずにねえええええ！」

甲高い笑い声を上げながらアリスが叫ぶ。

魔神の気配の正体はこれか！

こんな禍々《まがまが》しい魔物、普通にはまず生まれない！

「変異した魔物!?　馬鹿な、こんなのは迷宮の影響を受けた王都近辺にしか出ないはずじゃ……！」

「あら、銀髪のダーリンはこれを知ってるのねえ。いい勘してるわ。コロちゃんはその王都の近くで捕まえたのよ。アタシが冒険者に依頼をしてね。ま、冒険者たちの何人かはコロちゃんの餌になっちゃったみたいだけど」

王都近辺で捕まえた……冒険者に依頼して……

「「あっ！」」

私とハルクさんは同時に声を上げた。そういえばエドマークさんがそんな話をしていた。なんでも大金持ちの娘が、変異した魔物をペットにしようと冒険者に依頼を出したとかなんとか。

まさかあれがアリスのことだったなんて……！

「銀髪のダーリンと茶髪のダーリンはもったいないけどぉ……ま、真実を知っちゃったからには仕方ないわよね。男なんて代わりはいくらでもいるし。コロちゃん、溶かしちゃいなさい！」

合図と同時に三つ首の犬型魔物は息を深く吸い込む。

『『ガルアアアアアアアアアア！』』

ドバッ！　と紫色のブレスを吐き出した。

「……ッ！」

ハルクさんが咄嗟《とっさ》に剣を振るい、風圧でブレスを押し返そうとする。けれど室内ということもあり、毒々しい気体がロビー中に蔓延《まんえん》する。

「意味ないのよお、そんなことしてもね！」

甲高い声で叫ぶアリスはいつの間に取り出したのか、口元を覆《おお》うマスクを装備している。この紫色のガスを吸わないためだろう。

反応はすぐに現れる。


『がふっ！』

『ああ、ああああがあああ』

『息が……苦しい……たす、助けて』


その場にいた人間が血を吐いて苦しみはじめた。マスクをしているアリスを除くほぼ全員がだ。

私は膝《ひざ》をつき、口の中にせり上がってきた血反吐《ちへど》を手で押さえながら、なにが起こっているのかを分析する。

あの三つ首の犬型魔物が吐いたのは毒ガスだ。体を内側から溶かして殺すためのものだろう。祈《き》祷《とう》の中で何度も毒によって死ぬことを経験している私はともかく、周囲の人たちの苦痛は想像を絶する。

「そんな、アリス様！　なぜ我々まで……!?」

「仕方ないじゃない、相手なんて選べないんだもの。アタシのための尊い犠牲《ぎせい》ってやつね」

当然、商会の職員も同様にのたうちまわっている。彼らの悲痛な声にもアリスはあっけらかんと応じた。

「……なるほど。これは、かなり、凶悪だね」

「よく立ってられるわね、銀髪のダーリン？　けど顔色が悪いわよ？　この状況でコロちゃんに勝てるかしら？」

唯一立っているハルクさんを見て、アリスが呑気《のんき》に話しかけた。

ハルクさんが気を引いている隙に！


「【聖位解毒《セイクリッドアンチドート》】！」


強い光が私の手から放たれた。それは周囲に一気に広がり、漂っていた紫色のガスを霧散させる。

同時に人々を蝕《むしば》んでいた毒を一瞬で除去する。

「【聖位回復《セイクリッドヒール》】！」

続けて回復魔術により、周囲一帯の人たちの体を完全回復させる。これで毒によって荒らされた体内も元通りになったはずだ。

『はあっ、はあっ、はあっ……！』

『い、息が吸える！　助かった！』

『あの金髪の女の子が助けてくれたのか……⁉　ああ、まるで女神様みてえだ！』

解毒の効果は問題なく発揮されたようで、毒で苦しんでいた人たちはある程度顔色が良くなっている。

「今の、セルビアがやったのか？」

「はい。聖女候補の能力の一つです。レベッカは大丈夫ですか？」

「ああ。なんとかな。助かったぜ、ありがとう」

「いえいえ」

近くにいたフランツさんも、多少はふらふらしているけど大丈夫そうだ。

「なによ、これ……どうなってんのよ⁉　なんでどいつもこいつも立ち上がってるのよ⁉　コロちゃんの毒を浴びたはずでしょう⁉」

アリスが混乱したように喚いている。

いよいよヤケになったように、アリスは三つ首の犬型魔物に向かって叫んだ。

「こうなったら……全員噛《か》み殺しなさい、コロちゃん！」

『『『ガルウウ！』』』

三つ首の犬型魔物は吠え声とともにその全身に力をみなぎらせる。

開いた口にはナイフのような鋭《するど》い牙がずらりと並ぶ。毒々しいよだれを撒《ま》き散《ち》らしながら殺気に満ちた瞳でこちらを睥睨《へいげい》するその姿は地獄の使者を思わせるほどおぞましい。あの怪物の膂力《りょりょく》をもってすれば、私なんてたやすく引き裂くことができるだろう。

本来なら私では手も足も出ない難敵だろうけど……アリスはあの魔物を王都近辺で捕らえさせた変異種だと言っていた。

魔神の影響を受けた魔物なら、私の魔術で対処することができるはず。

「させません！【聖位《セイクリッド》――」

「セルビア、待った。今回は僕にやらせて」

私が魔術を唱える前に、ハルクさんが制止した。

「ハルクさん？　でも……」

「どうもあれを敵と認めているらしくてね。さっきから熱を放って主張しているんだ」

ハルクさんがそう言って腰から宝剣を抜き放った。

鞘《さや》から抜かれた瞬間に、宝剣の刀身を炎の帯が彩《いろど》る。

あの三つ首の魔物は魔神の影響を受けている。

つまり、あの魔物は宝剣の効果対象だ。

『『『ガルアアアアアアアアアアアアアアアアアアアアアアア！』』』

三つ首の犬型魔物が飛び込んでくる。その速度は目で追えないほどだった。大きく開かれた顎《あご》がハルクさんをとらえる寸前。

「はあああっ！」

『『『――――ッ⁉』』』

横薙ぎ一閃、中央にあった犬の首が斬り飛ばされた。

直後。

ゴウッ！　と三つ首の犬型魔物がまばゆい炎に包まれる。

『『『ギャアアアアアアアアアアア⁉』』』

「コロちゃん⁉」

白い輝きの混ざるその炎は単なる物理現象ではなく、私の聖女候補としての魔術に近いものを感じた。聖火、という言葉が脳裏をよぎる。それに巻かれた三つ首の犬型魔物はやがて塵《ちり》となって消えていった。

不思議なことに、炎によって床や天井といったものが燃えることはなかった。

あれは本当に魔神由来のもの以外にはなんの効果も与えられないんだろう。

「……あれが宝剣の力ですか」

「打ったあたしが言うのもなんだが、とんでもねー剣だな……」

レベッカとそんなことを言い合う。

さっきの攻防を見る限り、おそらく宝剣の効果は魔神に力を与えられたものを『一撃必殺』するものだ。魔神そのものを一撃で倒すのはさすがに不可能だろうけど、レベッカの言う通り、とんでもない武器といえる。

「ああ、あああ、ああああ」

とうとうなんの手札もなくなったアリスがその場に崩れ落ちる。

ちらりとハルクさんがレベッカに視線を向けると、レベッカは頷いて前に進み出た。

震え上がるアリスの前に。

「……で、アリス。まだなにかあるか？」

「嘘よ……こんなの、嘘に決まってるわ……」

アリスはふらふらと歩き、三つ首の犬型魔物が地下から飛び出してきた時に抉《えぐ》れた床の破片を拾い上げる。

それから血走った目でレベッカを見た。

「アンタさえ――アンタさえいなければぁあああああっ！」

ドスドスドス、と重い足音とともに、瓦礫《がれき》を振りかぶってアリスがレベッカに突撃する。

けれどレベッカはあっさりアリスの腕を掴んで止めた。

「くっ……離しなさいよ！　この馬鹿女！　アンタのせいよ！　アンタがアタシの思い通りにならないからこんなことになったのよ！」

「……」

アリスはじたばたと暴れるけど、腕力が違いすぎてレベッカの拘束《こうそく》を解けない。

レベッカは静かに告げた。

「てめえは私欲であたしらの街を汚して、あたしが命より大事にしてた店を燃やした」

拳《こぶし》を握る。

「なにより——魔物をけしかけてこの場の全員を殺そうとしやがった！　あたしの恩人やら街の仲間やらがいるってのになあ！　それを許してやるほど、あたしはお人好しじゃねえんだよ!!」

レベッカはアリスの手を振り払い、顔面に勢いよく拳《こぶし》を叩き込んだ。

「げふぉあああああっ！」

アリスはなすすべなく吹き飛ばされ、壁に叩きつけられて気絶した。

もともと決壊寸前だったドレスは無惨に破れ、下着が丸見えになったその姿は、この街の支配者としての威厳もなにもない。

「落書きだの嫌がらせ、店への放火——もろもろ込みで思いっきり一発。ま、この先ろくな人生は待ってねーだろうし、この場はそれで勘弁してやるか」

どこかスッキリしたような表情で、レベッカはそんなことを言った。

エピローグ

「行きますよ、皆さん離れててくださいね」

「「「了解」」」

ハルクさん、レベッカ、それにメタルニアの鍛冶師《かじし》たちが見守る中、私は意識を集中させる。

【最上位回復《イクスヒール》】」

対象は足元に落とした植物の種。

私の回復魔術を受けた種は生命力を溢《あふ》れさせ、発芽、成長を数秒のうちに終える。

私の目の前に、高さ十Mほどの木が出現した。

うん、太さも問題ないし十分使えそうだ。

「では次、ハルクさんお願いします」

「はいはい。武器強化【風刃付与】」

私と場所を代わったハルクさんが、剣に緑色の魔力をまとわせて構える。

ハルクさんが腕を一振りすると——バラバラバラッ、と木はズレ一つない完全な直方体に切り出された。

……という流れをひたすら繰り返す。

私が回復魔術で木を育て、ハルクさんが剣で形を整える。

そんな感じで、なにもない場所から大量の『建材』を生み出していく。


『……なあレベッカ。あの子たちは本当に何者なんだ？』

『なにもない場所から大量の木材が出てきてるぞ』

『あの男のほうも剣を動かす手の動きが見えないんだが……』

『あー、気にすんな。あいつらちょっとおかしいんだよ』


なんだか後ろのほうで鍛冶師《かじし》たちとレベッカが心外なやり取りをしている気がしてならない。……いやいや、今は作業に集中しないと。

しばらくそれを続けていると、レベッカから声がかかった。

「セルビア、ハルク、もういいぞ！　そんじゃあとはあたしらの仕事だ！　野郎ども、運べーっ」

「「うぉおおおおーっ！」」

私とハルクさんで作った木材を、レベッカの号令のもと鍛冶師《かじし》たちが担いでそれぞれの作業場に運び込む。

間もなく聞こえてくるトンテンカン、トンテンカンという作業音。

鍛冶師《かじし》たちはハルクさんが切り出した木材をさらに加工して、建物を作るための材料に変えていく。

「大工仕事なんて専門じゃないだろうに、メタルニアの鍛冶師《かじし》たちは手際がいいね」

「器用な方たちですよね」

その作業を見ながら感心したように頷くハルクさんに私も同意した。

建物の基礎を組み、柱を立て、足場を組んでそこを飛びまわる彼らの姿は熟練の鳶《とび》職人のようだ。

ちなみにレベッカは、足場の上で作業している人員に木材を次々と手渡している。……それも片手で。

さすが特別な力を持つ『神造鍛冶師《しんぞうかじし》』。彼女だけ作業のスケール感がおかしい。

と、ハルクさんと話しながら作業風景を眺めていると……

「やあやあ、二人とも。調子はどうだい？」

「あ、フランツさん」

あちこち跳ねた茶髪が特徴的な青年、フランツさんがやってきた。

フランツさんはレベッカや鍛冶師《かじし》たちが建てている『それ』を見て、満足げな笑みを浮かべる。

「いやあ、本当に二人がいてくれて良かったよ。種から一瞬で木を作り出す回復魔術に、それを正確に切り出す剣技――おかげで外から木材を運んでくる手間が省けた」

「いえいえ」

「僕は手伝い程度だけど……まあ、役に立てているなら良かったよ」

私とハルクさんの返事を聞き、フランツさんはうんうんと頷いた。

「ともあれ順調なようでなによりだ！　このぶんなら、ワルド商会に代わる『商業ギルド』が完成するのも近いかな？」

さて、そろそろ私たちがなにをしているか説明しようと思う。

レベッカがワルド商会に殴《なぐ》り込《こ》んでから数日が経過した。

王立騎士団が街にきて、アリスや牢獄に入れておいた闇ギルドの構成員たちを王都へ連行していった。彼女たちは今後なにかしらの沙汰《さた》が下るまで、王城地下の牢獄でしばらく過ごすことになるそうだ。

アリスの失脚に伴い、ワルド商会も解体された。

これまでワルド商会が不当な取引を強いてきた鍛冶師《かじし》たちに賠償《ばいしょう》を行うため、商会の財産はすべて没収。職を失った商会職員たちはメタルニアから逃げるように去っていった。また、商会の建物の中にはアリスが囲っていたらしい男性たちが何人も放置されていたけど、彼らはフランツさんの部下によって本来の居場所に送り届けられることになった。他にもアリスから賄賂《わいろ》を受け取り、彼女の不法行為を見逃していた衛兵たちが処分を受けたそうだ。

……という感じで、アリスやワルド商会によってもたらされた被害は概《おおむ》ね元に戻りつつある。

そんな中で唯一残った問題が、メタルニアの生活物資についてのことである。

ワルド商会はこの街の流通に大きく関わっていたので、彼らがいなくなると街の生活物資も足りなくなってしまう。

それにワルド商会が預かっていた鉱山の採掘権も誰かが管理しなくちゃいけない。

この街の支配者だったワルド商会がなくなるというのは、それだけ大変なことなのだ。

それでフランツさんがどうしたのかというと――

「それにしても驚きました。まさかすでにワルド商会に代わる商会に話をつけてあるなんて。しかも複数に」

「まあ、これでも王国四大領主の長子だからね。顔が広いのさ」

フランツさんは他の商会にあらかじめ根回しし、この街の流通を元通りにする準備を進めていた。

現在彼らはメタルニアの外に仮設テントを建て、そこに食料品や生活雑貨を続々と運び込んでいる。ワルド商会とほぼ入れ替わる形なので食糧難になったりはしなかった。

「そんな彼らがこの街にやってくるために必要なのが、この建物というわけだね」

「その通りだよ、ハルク！　いつまでも彼らを街の外の仮設テントにいさせるわけにはいかないからね！」

ハルクさんの言葉に、フランツさんが大きく頷く。

そう、ここでようやく話が現在につながるのだ。

私とハルクさんが手伝っているのは『建築』。

ワルド商会の建物や、その職員が使っていた宿舎を取り壊し、その敷地に新しい建物を作る作業である。

なにを建てているのかというと、一つは新しい商会の拠点となる場所。

フランツさんが誘致した商会は複数あり、メタルニア内の大工だけでは作業が追いつかないためにレベッカたち鍛冶師《かじし》も作業に参加しているというわけだ。

現在レベッカたちが建てているのもそれだ。

この作業が終われば、新しい商会の職員たちを街に呼び寄せることができる。

私とハルクさんは、その手伝いをしているのだった。

「新しく誘致した商会の拠点を作る。彼らが本格的にこの街に移ったら、いよいよ商業ギルドの活動開始だ。メタルニアは以前よりずっと盛り上がることだろうね！」

「商業ギルド……それが導入されれば、この街も良くなるんでしょうか」

「もちろん。少なくともワルド商会が牛耳っていた頃よりはね」

私の呟きに、フランツさんは自信満々に頷いた。

商業ギルド。

新しくこの街に来る商会を束ねる機関のことだ。

各商会の支部長、街の代表者、フランツさんが派遣する貴族などが話し合って、商売のルールを決めていくのだ。

具体的には、鉱石の値段とか、採掘権をどうやって各商会で分割するかとか。

なんでそんなことをしたのかというと、要するに独裁対策である。

話し合って誰もが納得するルールを作れば、商人と鍛冶師《かじし》の間でトラブルが起こるようなこともない。商会を複数呼び込んだのもそのためらしい。

……ちなみに王都にはすでにこの仕組みがあるそうだ。

私が「商業ギルドってなんですか？」と尋ねた時、ハルクさんが妙に優しい口調で教えてくれたのが忘れられない。やはり私はまだまだ世間知らずのようだ。

「商人も鍛冶師《かじし》も領主も、みんなが健全に商売をできるようにする。それが商業ギルドの存在価値なのさ。ま、数年もすれば、うまいこと回るようになると思うよ」

フランツさんはそう断言した。

数年、と聞くと随分遠い話に感じる。このあたりの感覚の違いは、一個人でしかない私と多くの領民の生活を預かっている大貴族であるフランツさんとの差なんだろう。

「お、フランツじゃねえか。こっち来てたのか」

そんなことを話していると、作業を中断してレベッカが歩いてきた。

「やあレベッカ、作業風景を見させてもらったよ！　大活躍だね！」

「へっ、メタルニアの鍛冶師《かじし》を舐《な》めんなよ。モノ作りならなんでもござれだ」

そう言って男前な笑みを浮かべるレベッカだった。

このあたりでフランツさんが来ていることに気付いたのか、他の鍛冶師《かじし》たちも『おーっ、領主様じゃねえか！』『どうだい俺たちの仕事ぶりは！』と声を上げている。

フランツさんはそんな彼らに手を振り返していた。

すっかりこの街に溶け込んでるなあ、この人。

そんなフランツさんにレベッカが言った。

「今さらだけど、いろいろありがとよ」

「お礼はいらないよ。領主として当然のことだからね！」

エドワルト伯の投獄に伴い、フランツさんが新たなエドワルト家の当主となった。まだ若いのに各所にパイプがあるらしく、この街もフランツさんがいれば安泰だと思える。

「フランツさんはこれからどうするんですか？」

「しばらくはこの街にいるよ。商業ギルドの件とか、いろいろやることがあるしね」

考えるそぶりもなくフランツさんはそう言った。

どうやらフランツさんはこの街に残るようだ。

「セルビアたちはどうするんだい？」

「私たちは……どうしましょうか」

ここ数日は商業ギルドやら新しい商会の建物やらを作る手伝いをしていたけど、それもそろそろ終わりそうだ。となるとここにいても仕方ないのかもしれない。

もともとの目的だった宝剣も確保できているわけだし。

「今のところは特にすることもないね。王都に戻ってもいいけど、せっかくだから近くの街を観光する？」

「！　それはいい考えですね！」

ハルクさんの提案に飛びつく私。

今はいちおう自由の身なわけだし、いろいろな場所を見てまわるというのは魅力的だ。

「レベッカはどうするんですか？」

「あたしはとりあえず適当に旅でもするよ。店もなくなっちまったしな」

「旅ですか」

「ああ。そんで色んな武器とかを見てまわって、親父を超える鍛冶師《かじし》になるのが今の目標だ」

晴れやかな表情でレベッカがそんなことを言う。

その表情を見ると、今の彼女は大切な店が燃やされてしまったことを乗り越えたのだとわかる。

店を燃やされてすぐの頃のレベッカからは、こんな前向きな言葉は出てこなかっただろう。

……それにしても、旅ですか。

「あの、ハルクさん」

「……？　ああ、そういうことか。僕は構わないよ」

視線を向けただけでハルクさんは私がなにを言いたいのか察したようだ。

許可も出たので、私は改めてレベッカに向き直る。

「レベッカ。もし良かったら、私たちと一緒に行きませんか？」

「セルビアたちと？」

「はい。私たちは魔神を倒すという目的がありますが、他の街に立ち寄ることもあります。そこにはこの街にないような武器があるかもしれません」

レベッカがきょとんとしてこっちを見ている。

私はこう付け加えた。

「その、せっかく仲良くなれましたし。私、同性の友人ってあんまりいませんし。……レベッカが嫌じゃなければ、ですけど」

「……ぶふっ」

「な、なんで笑うんですか」

「いや、なにか不安そうにしてるからつい。アリスに店燃やされた時、あたしの背中を蹴《け》ったのと同一人物だとは思えなくてな」

あの時はレベッカを立ち直らせるのに必死で、単に余裕がなかっただけなんですが。

「で、セルビアはこう言ってるけど、ハルクはいいのか？」

「もちろん。拒否する理由はないよ。……打算的な話をすると、宝剣に万が一のことがあった時にレベッカがいてくれると心強いかな」

「なるほど」

確かにハルクさんの言う通り、宝剣がなにかの際に破損してしまったら大変なことになる。普通の鍛冶師《かじし》では直せないし、その頃にはレベッカはもうメタルニアにはいないわけで……うん、本当に大変なことになる。

「それで、どうでしょうか。レベッカ、私たちと一緒に行きませんか」

「おう。そうすっか」

「えっ、いいんですか！」

レベッカは「なに驚いてんだよ」と苦笑した。

「別に行き先を決めてたわけじゃねーからな。セルビアたちと一緒に行くのも面白そうだ」

「レベッカ……」

「それに二人について行けばレアな武器素材が簡単に手に入りそうだしな」

「レベッカ。一応言っておきますが、ロニ大森林の時のようなことは毎回あるわけじゃありませんからね？」

あれはイグニタイトを手に入れるために仕方なく遠出しただけのことだ。

ともあれ、レベッカにも異論はなさそうである。

「それじゃあ、これからもよろしくお願いしますね」

「おうよ！　ハルクもよろしくな！」

「うん。よろしく」

そんなわけでレベッカがパーティに加わった。これから賑《にぎ》やかな旅になりそうだ。


そんなわけで出発の日である。

「レベッカ！　気をつけて行けよ！」

「風邪引くなよ！」

「金は持ったか？　あと万が一の時のための薬とか、護身用の武器とか……」

「…………あーもううるせえな！　だから言いたくなかったんだよ！」

現在地はメタルニアの街の入り口付近。

この場には街の鍛冶師《かじし》たちがずらりと並んでレベッカの出立を見守っている。

鍛冶師《かじ》たちの中にはレベッカに弁当を渡していたり、細かく忘れ物のチェックをしたりする人などもいてなんだか過保護な感じだ。

「レベッカは愛されていますね」

「そうだねえ」

少し離れてその様子を見守りながらハルクさんとそんなやり取りをする。

この街には若い鍛冶師《かじ》は少ないみたいだし、街の鍛冶師《かじ》たちにとってレベッカは子供のようなものなのかもしれない。

彼らの奥からゆっくりと大柄な男性が進み出てくる。

「……もう行くのか、レベッカ」

「ドルグさん……ああ、もう出発するとこだ」

「……そうか。気をつけていけ。お前になにかあれば、ローマンも悲しむ」

「……、わかってるよ」

ドルグさんの言葉にレベッカは苦笑を浮かべた。

「ドルグさんも、この街の代表者としてしっかり頼むぜ」

「……任せろ。ワルド商会に牛耳られていた時のようなことにはさせない」

余談だけど、新しく街にやってきた商会を含めた商業ギルドの運営には、鍛冶師《かじ》代表としてドルグさんも参加する。

かなり大きな権限を与えられているそうなので、ドルグさんがいる限り、鍛冶師《かじ》たちが以前のような酷《ひど》い扱いをされることはないそうだ。

ぽん、とドルグさんがレベッカの頭に手を置いた。

「な、なんだよ」

「……なにかあればいつでも戻ってこい。身寄りがなくなっても、店が燃えても、この街はお前の故郷なのだからな」

「──」

ドルグさんの言葉に、レベッカは少しだけ動きを止めて──それからこう答えた。

「……わーってるよ。ありがとな」

「ならいい」

そう言って、ドルグさんはわずかに笑みを浮かべた。

「ったく……セルビア、ハルク！　もう行くぞ！」

「挨拶《あいさつ》はもういいんですか？」

「この調子じゃいつになっても終わらねえよ。言うことは言ったし、もう十分だ」

そんなことをのたまうレベッカの顔は少し赤い。鍛冶師《かじし》たちに別れを惜しまれて照れているのかもしれない。

ともあれ、レベッカがいいというならこれ以上留まる理由はない。

出発することにする。

「では、僕たちはこれで！」

ハルクさんが代表するように言い、鍛冶師《かじし》たちに見送られながらメタルニアを出発する。もちろんシャンとタックも一緒だ。

さあ、次はどんな旅になるだろうか。

私はそんなふうに希望に胸を膨《ふく》らませるのだった。

サラリーマンの福《ふく》菅《す》健《けん》吾《ご》——ケンゴは、高校生達とともに異世界転移した後、スキルが『言語理解』しかないことを理由に誰一人帰ってこない『奈落』に追放されてしまう。そんな彼だったが、転移先の部屋で天井に刻まれた未知の文字を読み解くと——古より眠っていた巨大な船を手に入れることに成功する！　そしてケンゴは船に搭載された超技術を駆使して、自由で豪快な異世界旅を始める。

◉定価：1320円（10%税込）　ISBN 978-4-434-31744-6　◉illustration：片瀬ぽの

この作品に対する皆様のご意見・ご感想をお待ちしております。

おハガキ・お手紙は以下の宛先にお送りください。

【宛先】

〒150-6008 東京都渋谷区恵比寿4-20-3 恵比寿ガーデンプレイスタワー 8F
（株）アルファポリス　書籍感想係

メールフォームでのご意見・ご感想は右のＱＲコードから、
あるいは以下のワードで検索をかけてください。

アルファポリス　書籍の感想　検索

ご感想はこちらから

本書は、「アルファポリス」（https://www.alphapolis.co.jp/）に掲載されていたものを、改稿、加筆のうえ、書籍化したものです。

泣《な》いて謝《あやま》られても教会《きょうかい》には戻《もど》りません！ 2
〜追放《ついほう》された元聖女候《もとせいじょこう》補《ほ》ですが、同《おな》じく追放《ついほう》された『剣神《けんしん》』さまと意《い》気《き》投合《とうごう》したので第二《だいに》の人生《じんせい》を始《はじ》めてます〜

ヒツキノドカ

2023年 3月31日初版発行

編集－星川ちひろ・飯野ひなた
編集長－倉持真理
発行者－梶本雄介
発行所－株式会社アルファポリス
〒150-6008 東京都渋谷区恵比寿4-20-3 恵比寿ガーデンプレイスタワー8F
TEL 03-6277-1601（営業） 03-6277-1602（編集）
URL https://www.alphapolis.co.jp/
発売元－株式会社星雲社（共同出版社・流通責任出版社）
〒112-0005東京都文京区水道1-3-30
TEL 03-3868-3275
装丁・本文イラスト－吉田ばな
装丁デザイン－AFTERGLOW
印刷－図書印刷株式会社

価格はカバーに表示されてあります。

落丁乱丁の場合はアルファポリスまでご連絡ください。

送料は小社負担でお取り替えします。


ISBN978-4-434-31754-5 C0093